雪峰白瑞诗文集

白秉元 白晨宁 著

一本书, 两代人亲情的坚固桥梁,父女俩沟通的精神纽带。
一个故事, 不同时代,讲述不同地域的普通人的奋斗历程。

中国出版集团　现代出版社

图书在版编目（ＣＩＰ）数据

雪峰白瑞诗文集 / 白秉元, 白晨宁著. -- 北京：现代出版社, 2023.5
 ISBN 978-7-5231-0318-0

Ⅰ.①雪… Ⅱ.①白… ②白… Ⅲ.①诗集－中国－当代②散文集－中国－当代 Ⅳ.①I217.2

中国国家版本馆CIP数据核字(2023)第075449号

雪峰白瑞诗文集

著　　者	白秉元 白晨宁
责任编辑	袁涛
出版发行	现代出版社
地　　址	北京安定门外安华里 504 号
邮政编码	100011
电　　话	010-64267325　010-64245264(兼传真)
印　　刷	北京建宏印刷有限公司
开　　本	880 毫米 x1230 毫米　1/32
印　　张	12.25
字　　数	327 千字
版　　次	2023 年 5 月第 1 版　2023 年 5月第 1 次印刷
书　　号	ISBN 978-7-5231-0318-0
定　　价	98 元

版权所有，翻版必究；未经许可，不得转载

序

胸荡层云唱风雅

对于文学与写作的由衷热爱和孜孜以求，常常在与生俱来的同时还显现出血脉传承的气象，纵观横览古今中外的文坛，可信手拈来的此等佳话比比皆是。白秉元、白晨宁父女联袂推出的这部《雪峰白瑞诗文集》，恰是对这种文学与写作的"血脉传承"的完美践行与最好印证。暂且不论其品性、境界如何，单是这一种大爱亲情的文学呈现，就足以令我和所有读者动容动情、品味回味了。

秉元乃先父古典文学教育家、古诗词家匡教授的亲传弟子、研究生，20世纪八九十年代时他就不时出入、落座于我家大客厅兼父母书房，毕恭毕敬聆听的模样，我还依稀记得，实乃一副很典型的大西北农家子弟的浑厚与朴拙，却不乏爽朗和睿智，谈诗论文也是侃侃洒脱，妙趣横生。

叹哉人生东逝水，岁月荏苒倥偬，近两年借微信以文会友的快捷便利，秉元自天府之国远赴京华再相逢时，鹤发童颜的他竟兀自豪放吟诗，挥洒作赋，推杯换盏，不亦乐乎。其实此前于朋友圈中，我早已领教了他的每日必游、每游必诗的潇洒与才情。也知道了之前的近三十年间，他已由河西走廊的戈壁镍都，大江南北地闯荡，从事教育事业，而至定居成都，每日入青羊，谒武侯，最是厮守杜甫草堂，上下千载悠悠，舞文弄墨身手健矣！

秉元一看便可知是身心两丰盈、内外俱华彩的男人。果不其然，妻贤女乖，男人所谓事业自驾驭得游刃有余。更难得的是，

1

宝贝女儿晨宁不仅机敏、乖巧、可爱，学业和工作顺风顺水，还秉承了乃父的文学诗歌素养，多与父亲诗文呼应，频频唱和。于是，这部《雪峰白瑞诗文集》水到渠成，"白云生处熠雪峰"。

既为诗文集，自然是有诗有文，而其中的诗作，又是格律诗和自由诗不拘。如此便也可见秉元之旷世才情，捭阖自如。以不同的文体来抒情达意，真的似更契合他的率性风格。翻阅《雪峰白瑞诗文集》，最先吸引我的便是编排于前的几篇散文，秉元别出心裁地以两首早已脍炙人口、耳熟能详的流行歌曲为引子，写明了黄土高坡与青藏高原同自己的少年和青年时代刻骨铭心的血脉交融、骨肉浓情。

尽管出生我的黄土高坡的我的家，没有牛，也没有窑洞，但有西北风，有日头，还有黄河，更有我的祖祖辈辈。

在黄土高原的黄土高坡的我的家乡，我读完了小学和中学。

……

在我年过十七岁不满十八岁的时间里，我曾先后八次跋涉于青藏高原，也就是我曾经次数不多地向妻女与友人提及的"八上青海"。因为这个缘故，"青藏高原"、"青海"、"青海人"、"黄河"、"草原"、"西宁"、"湟源"、"日月山"、"海晏"、"扎麻隆"等地名语词，在我思想的河流里，在我健康的血液里，一直流淌着，奔涌着，也滋养和滋润着我的生命与我的生活。

并且，这"流淌"，这"奔涌"，在我灵魂深处，不时地"淡入"，不时地"回闪"。

正因为青藏高原对其生命与青春的这一种阅历和养育，秉元才会一听见《青藏高原》那悠远壮阔的旋律，就觉得"我的灵魂已经跋涉在青藏高原上了"，"在我的生命里，唱着'无言的歌'，也早已筑起了我心灵的庄严,而且这庄严也着实不能改变。对于青藏高原,我自然有着'不能忘却的眷恋',同时,我得到了'永久的梦幻'……"。

而接下来,作者为我们娓娓叙述了他曾经八次跋涉于青藏高原时发生的一系列故事,以质朴动情的文笔折射出一段特定的历史,的确深引共鸣,发人深省,情节性与哲理性两相映照,相得益彰。如果你想知道当年黄土高坡人远赴青藏高原背粮的史实,就请阅读这部诗文集好了,绝对不虚此阅矣。

读秉元的诗歌,不由得令人"神驰情骋思飞跃""杜词撩得雪峰狂"。他的诗作最钟情的内容,一为戈壁大漠、雪峰祁连,此乃他生活、工作了多年的地方,自是日日萦怀,夜里入梦;二是他如今定居之处,天府之国、文化古城成都,在此他亲近诗圣,盘桓草堂,吟诗作赋,滔滔汩汩。

他眼中、心中的高山峰峦已与躯体、思绪相融相契,不分彼此,生命的爆发力惊心动魄,却又以"缠绵的琴弦"来以轻博重,"欣赏生命的血的流淌"。他的诗作颇具一种江湖侠客的风范魅力,于深思中升华起情操与境界。

  用沉闷的心
  借来生与死搏击的混合力
  堵塞我这座平凡的山的岩浆爆破口
  任燃烧着火焰的岩浆在山体内左奔右突
  哪怕它山体滑坡
  更渴望山体崩裂

  从堆满折戟的历史的沉沙中
  顺手捡一把剑

斩断缠绵的琴弦
嘣的一声
任丝弦在风中摇曳
远观琴身斜卧于驿外断桥边
欣赏生命的血的流淌

他在五言诗《望天宇》中，对雪峰大漠之雄浑、之壮美、之豪放、之诱惑的描绘与吟哦，端的是对唐代边塞诗风骨和脉息的汲取与传承，读来令人血脉贲张，欲罢不能。

云从东边起
会际我头顶
风自西边来
荡胸激情怀
放眼漠北处
沙海泛异彩
远眺祁连南
心飞九天外
驰目更骋怀
野马践尘埃

好个"野马践尘埃"！秉元在自题诗中便已开宗明义地表白道：

父女自为一家亲
更是书写同路人
子承父业书汉字

序

父担诗文写人生
雪峰逍遥赋山河
白瑞偷闲歌蹉跎
思绪飞出《诗文集》
神驰心骋悬日月

也的确如此。在读到这部诗文集之前，我在同秉元因微信的"以文会友"而故交重逢之际，也与晨宁在朋友圈中"每日必见"。我所认识的这个秀外慧中的女孩，不仅仅单纯、可爱、文采飞扬，与其父频频诗文唱答，亦父女亦朋友。更须提到的是，对于我每每发于朋友圈的作品，她几乎每见必转，诚心可鉴，全然不同于那种只在文外胡乱点赞而连打开看一眼也不看的人。看了晨宁的几篇小散文，更让我真切地喜欢这个冰雪聪明的女孩儿了，说文如其人，一点儿不假。

晨宁在读了父亲的《雪牙的问候》之后写下了这样的随感：

作者的那首五言诗，似乎是给雪牙的回信。诗中描写了青藏高原的恢宏大气，大自然的鬼斧神工，以及作者对那段苦难经历的回忆，表达了作者坚如磐石的人生信念。结尾之处再次歌颂了青藏高原的宏伟景象，重申了对雪牙的惦念以及自己坚定的决心和人生态度。

作者是一位浪漫主义诗人，情感丰富，细腻入微。文笔时而粗狂大气，时而细腻丰富；情感真挚，演绎出美好的景象，表达了作者对自然、对生活的热爱。

浪漫的诗人、浪漫的文笔，展现了浪漫的景象，长久存于读者心中。

在作者笔下，任何风景事物，甚至一颗小小的伤残的牙齿，

都有灵性、有感情、更有思想。

真真个"知父莫若女"矣!文脉传承,骨肉浓情,堪叹!堪叹!

读序不如阅文,以此为引,且为读者展开这一幅父女合璧的灵动画卷,任情感丰沛于黄土高坡、青藏高原,任思绪葱茏于天府之国、草堂境界,歌之蹈之,盘桓流连,不亦乐乎!

匡文留

二〇一九年四月十一日　北京　慧谷居

目　　录

第一辑　雪峰散文

3　　沉思集
9　　初上青藏高原
14　高原之夜
17　题外话(一)
19　在青藏高原,我残疾了一颗牙
29　题外话(二)
31　高原回音
38　致青藏高原
41　雪牙的问候
43　致雪牙
45　心语——求教唐代韩愈

第二辑　雪峰诗歌

48　自题《雪峰白瑞诗文集》
48　自由诗·方式
54　致匡文留
55　书　怀
55　戊戌中秋忆胞姐
56　读根存《望将军山》
57　赞　日
57　抒　怀
58　戈壁秋色写意
58　戊戌秋日与妻茶话
59　五言诗·心言(二首)

60	五言诗·心语（二首）
61	新诗三首·心语
62	穿上它
63	穿着它
64	五言诗·无题
64	关于"工牌"的歌
66	"工作餐"之歌
67	七绝·石人鸟
67	五绝·竹林独坐
67	五绝·咏青羊宫
67	五绝·茅屋小憩
68	七言排律·己亥五月初五颂屈原
68	临梅即兴
69	咏梅花玉兰
69	七绝·庚子仲春感怀
69	七律·庚子年惊蛰日述怀
70	七律·无题
70	七绝·沧浪湖畔即景偶得
70	七绝·过社林茅店
71	七绝·咏古百花潭
71	七绝·过浣花桥偶得
71	七律·春夜听雨
72	七绝·溪畔行吟
72	沧浪湖闲吟
72	七绝·水木吟
72	七绝·和文留《千里明前春满盈》诗
73	七绝·蓉城雨霁
73	七绝·贺匡文留抗疫诗入典
73	自由诗·母校，我回来了
74	自由诗·云雀在歌唱

76	七绝·诗乐轻骑天府行(一)
76	七绝·沧浪湖行吟
76	七绝·云中的白马青骡
77	永远的亲情,永远的缅怀
77	七绝·诗乐轻骑天府行(二)
77	七绝·仲秋新津水乡行吟
78	七绝·咏斑竹林
78	七绝·咏成都锦里
78	七绝·诗乐轻骑天府行(三)
79	七绝·诗乐轻骑天府行(四)
79	七绝·咏都江堰青城山
79	七绝·夜宿江畔
80	七绝·诗乐轻骑天府行(五)
80	《雪峰晨语》(四十二)
81	临江仙·游望江楼公园
81	诗乐轻骑天府行(六)
82	自由诗·芙蓉花赞
83	诗乐轻骑天府行(七)
83	诗乐轻骑天府行(八)
84	自由诗·遥想北方的雪
85	诗乐轻骑天府行(九)
85	诗乐轻骑天府行(十)
86	诗乐轻骑天府行(十一)
86	《雪峰晨语》(四十三)
87	再过琴台路
88	壬寅仲春百花潭即景
88	自由诗·说给沧浪湖
90	独坐喜雨亭
90	赏《匡扶诗文钞》
90	浣花溪行吟偶得
91	烟雨沧浪湖

91	垂钓与放生（随笔）
92	清水河晨景
92	五津廊桥浅吟
93	七言诗·忆往昔
94	七言诗·赠友人
94	七绝·瞻仰杜甫草堂工部祠
95	望云天
95	七言诗·望云天
95	自由诗·听风
98	五言诗·答友人
99	五言诗·青藏高原赞
101	七言诗·金昌赞歌
103	五言诗·望天宇
104	七言诗·西部写意
105	七言诗·观雨
105	七言诗·赏雾
106	七言诗·秋日咏杨柳
106	五言诗·说"聽"
107	戈壁秋夜
107	金昌——雅布赖一日游
108	望　月
108	戊戌中元夜与友唱和
110	赠友人
110	无题三首
111	成都冬咏
111	题"杜甫千诗碑"
111	白瑞对话
112	二〇一九年元旦咏浣花溪——杜甫草堂
112	戊戌冬月末咏浣花溪
113	戊戌冬月末咏杜甫草堂

113　太阳出来喜洋洋
114　小寒艳阳天
114　四言诗·咏四川
115　说给太阳
116　永昌乖女

116　梅花郎(廊)
117　咏　花
117　祁连北麓
118　草堂写意(一)
118　草堂写意(二)
118　咏武侯祠
119　七言诗·成都浣花溪
　　　中国诗歌大道行吟
119　蜀中逢五杰
120　戊戌季冬清水河畔行吟
120　竹林行吟
121　七言诗·浣花掠影

121　小年茶语
122　无　题
122　大年初一
122　己亥正月初四,安德晨诵
124　女人花——致央金拉姆
124　让心再度启航——致学兄陈建栋先生
125　初说匡文留诗
126　七言诗三首
128　春雨浣花溪
129　己亥上元节诗赠白瑞兼说文留
129　五言诗·诗说苏胜才
130　五言诗·诗说陇上名师姜辉莲
130　再唱清水河
131　序　曲

131 五言诗·"双楠"之"双男"
132 春天的歌(之五)
134 春天的歌(外一篇)
135 五言诗·答蜀友问

136 自由诗·央金拉姆,成都卓玛
139 春思
139 乘马京华·奉命受谴杜工部兼说匡文留诗(四)
140 春日呓语
140 七律·游杜甫草堂偶感
140 成都春柳
141 心曲

141 七言诗·示儿
141 七言诗·雨天访陈治一教授
142 赏著名画家牛学勇先生美术作品兼唱和
143 五言诗·贺"雪峰诗文天地"
143 七言诗·"雪峰诗文天地"赞
143 忆秦娥——词说苏胜才主编《西风》与小说创作三十年
144 沁园春·词说匡文留与匡文留诗
145 四言诗·天水美男,金城才俊
146 焉支山下四朵花(长篇组诗)
152 乡音乡情——听陈君海贤兰州快板
152 七言诗·赠苏君胜才
153 七言诗·赠邵氏炳军

153	巴人·罗君耀华赞
154	戊戌腊八节赠三家集君
155	自由诗·手术之歌
156	七言诗·赠郭君彦彪
157	七言诗·云中的白马青骡
157	七言诗·水木年华， 杜甫草堂
158	七言诗·送杜君根存离蓉返兰
158	无　　题
159	七言诗·芙蓉花赞
159	七言诗·说西部"风"情
160	七言诗·自题四岁照兼咏怀
161	五言诗·咏三叶草(一)
161	五言诗·咏三叶草(二)
161	七言诗·赞西藏林芝
162	七言诗·梨花赞
162	五言诗·无题
163	七言诗·管弦琴瑟
163	七言诗·致陆君全仁
164	七言诗·成都生活写意
165	七言诗·遥寄匡文留
165	七言诗·题杜甫草堂浣花祠
166	七言排律·瞻杜甫草堂大雅堂
166	七言诗·"雨""花""石"
167	七言诗·和杜工部诗《江村》
167	五律·和杜工部《春望》诗
168	五言诗·遥寄匡文留

168	五绝·咏"七里香"花
169	七绝·观银杏树偶感
169	七绝·观草堂银杏树有所思
169	五律·题"雪峰诗文天地"三友照
170	七律·草堂行吟
170	七言排律·蜀中生活掠影
171	七律·观雨后兰花偶感
172	七言排律·忆昔述怀
172	七绝·朝发锦官城
173	七绝·成都平原掠影
173	七绝·过江油戏吟
173	七绝·过秦岭
174	五绝·即兴咏怀
174	七绝·咏西安
174	七绝·川陕赞
175	七绝·畅想洛阳
175	七绝·一路行歌
176	七言排律·一路行歌赞
176	七绝·啜酒戏吟
177	夜宿望京酒店
177	七律·驿馆述怀
178	七律·乘马京华
178	七绝·题清华园"荷塘月色"
179	七绝·题北京大学门前照
179	七律·咏"南腔北调"
179	七律·文留文立会雪峰
180	七律·诗说匡文立
180	七律·辞别北京

181	七律·雨天即景述怀兼致匡文留
181	七律·京城遥禀杜工部兼致匡文留
182	七绝·致雪峰诗文天地众群友文友
182	四言诗·遥致樊君三林
183	七律·吟东北平原
183	五律·咏大庆
184	七律·铁人赞
184	四言诗·大庆赞
185	七律·从北京至大庆
186	七绝·由大庆往五大连池
186	七绝·遥致匡文留
186	沁园春·东北漫吟
187	七律·游五大连池
188	七绝·白龙入海
188	七言排律·放歌五大连池
189	七律·红湖风水
189	七律·五大连池仙女宫呓语
190	五绝·咏明月
190	五言排律·惜别东北
191	七言排律·诗别樊君三林
192	七言排律·诗演"三老四严"
192	七律·白首翁，黑土地
193	七绝·咏文留之"穿越"
193	七律·与文留话别
194	七言排律·离京回川
194	七律·从北京至成都

195	七律·诗忆与文留当年同在西北师大岁月
195	七绝·中国高铁赞
196	七绝·高铁列车车窗凭眺
196	五律·高铁车窗远眺华山兼咏怀
197	四言诗·乘风归来
197	七律·草堂回禀
198	七绝·辞春迎夏
198	七律·观晨光熹微君三年前游西安秦1号大墓视频有感
199	踏莎行·词别文留
199	水调歌头·华北东北行吟
200	七绝·草堂心吟
201	五言排律·答晨光熹微君问
201	七律·致马君晨光熹微先生
202	长相思·北游回眸
202	卜算子·咏杜甫草堂
203	七律·咏匡文留
203	七绝·望蓝天白云
203	菩萨蛮·忆望京兼怀文留
204	七绝·浣花溪沧浪湖即景偶得
204	七绝·水草花石吟
205	七绝·与天吉师长结伴同行偶得
205	五绝——行吟呓语
205	七绝·怡然戏言
206	七言排律·赞樊君三林
206	七绝·游学归来

207	念奴娇·游学壮歌行
208	七绝·草堂访唐女
208	七绝·咏芙蓉树
208	西江月·信马由缰
209	七言排律·咏红军长征兼致邓天吉师长
209	七绝·寻槐花不遇
210	长相思·竹叶青
210	七言排律·咏玉兰树
211	七律·咏草堂银杏
211	南乡子·览匡文留诗有感
212	临江仙·咏都江堰
212	七律·咏乐山大佛
213	七绝·咏峨眉山
213	浣溪沙·浣花行吟
214	鹊桥仙·咏青城山
214	我在五月歌唱
215	七绝·诗歌大道行吟
216	清平乐·五四运动一百年
216	七律·神会"三曹""三苏"
217	七绝·题邓天吉师长古装照
217	七言排律·答初唐四杰问
218	七绝·临水眺楼
218	五绝·风调雨顺
219	述怀——和陈子昂《登幽州台歌》
219	七律·闻乌鸫鸟鸣而作
220	七绝·吟浣花溪雨后初晴
220	七绝·三道堰会英萃

220 七言诗·与王成君诗"摆龙门阵"
221 七律·油菜赞
221 五绝·咏文留重登白帝城
222 七绝·咏文留畅游三峡
222 五律·咏文留晨宁重庆相会
222 七绝——观荷叶偶得
223 七律·石人篇
223 七绝·致友人
224 七言诗·金昌植物园故人相聚
224 七言诗·金昌生活写意
224 与壶互装(自由诗)
227 午夜"壶"语(自由诗)
228 夏日"壶"语(自由诗)
230 七言诗·金川公园邂逅故人偶感
230 五言排律·金川逢谷隆山
231 五绝·无题
231 五绝·戈壁喜雨
231 五言诗·起身复出歌
232 缓步浅吟赋
232 啊,金川河(自由诗)
234 焉支山语(自由诗)
235 七言诗·管弦赋
236 七绝·晨光微吟
236 七言诗·观鸽偶得
236 七律·送广昌君之赴广州
237 五绝·题广昌君黄河照

		237	七言诗·为女儿晨宁自蜀回甘而作
		237	七绝·己亥年教师节抒怀
		238	七律·望月书怀
		238	七律·己亥中秋与友唱和诗
		238	七律·望天宇
		239	七律·己亥中秋致永恒胜才二君
		239	七绝·紫金花海写意
		239	七绝·启程
		240	五律·火车餐厅小憩
		240	七绝·花海放歌
		240	七律·己亥中秋月夜心吟
		241	七言排律·自责自劝歌
241	七律·玫瑰谷浅吟		
242	七绝·故乡山川		
242	七律·庚子年闰四月初六日述怀		
242	五绝·故乡云天		
243	五言诗·故乡生活掠影		
243	七律·贺蒋宜林先生喜得重孙		
243	七律·咏甘肃榆中金崖古镇美食		
244	心　　曲		
244	七律·花城述怀		
244	七律·庚子年闰四月十三日感怀		
245	五律·咏金川公园		
245	夏日呓语		
245	七绝·吟湖畔雨后初晴		
246	七律·品故乡儿时味道有感		

13

246	赠春山君
246	小区风光掠影
247	花城夏日傍晚即景
247	七绝·赞戈壁云天
247	七言排律·叹枝头红杏
248	五律·无题
248	七律·题文留北海公园赏荷照
248	七绝·沙尘日沉吟
249	七律·玫瑰谷抒怀
249	自由诗·琴声再起玫瑰谷
250	随笔·"一根筋"与"两根弦"
251	七言排律·玫瑰谷长吟
251	自由诗·景观带随想
254	七绝·金昌映象
254	随笔·由《景观带随想》说开去
255	自由诗·拥抱
256	自由诗·碰撞
257	自由诗·咏干热风
258	自由诗·晨操心曲,走向玫瑰谷
260	不愁天下不识我(组诗)
264	七律·玫瑰谷写意
265	七律·玫瑰谷抒怀
265	七绝·咏戈壁晚霞
265	五言诗·风情
266	七绝·心语
266	七律·琴韵
266	七绝·石人花
267	金水湖九眼桥即景

		267	组诗·玫瑰谷的花言草语(一)	
		272	七绝·梦游	
		272	自由诗·天籁之声(一)	
		274	自由诗·致《天籁之声》	
		275	七律·梦游(二)	
		275	自由诗·天籁之声(二)	
		277	七绝·诗乐轻骑(一)	
		278	七绝·独坐轩亭	
		278	七律·贺牛学勇先生喜得爱孙	
		278	五律·轩亭独坐	
		279	五律·夜访玫瑰谷	
		279	自由诗·放歌玫瑰谷	
		281	七绝·咏永昌钟鼓楼	
		281	七绝·永昌山川赞	

281　自由诗·走进玫瑰谷
283　自由诗·我来了,玫瑰谷
285　随笔·午夜呓语
286　自由诗·欢歌玫瑰谷
289　七绝·诗乐轻骑(二)
289　七绝·诗乐追云(一)
289　七律·诗乐追云(二)
290　七绝·诗乐轻骑(三)
290　七绝·诗乐轻骑(四)
290　七律·赠罗林君
291　七绝·诗乐玫瑰谷(一)
291　七绝·诗乐玫瑰谷(二)
291　七绝·述怀
291　七绝·诗乐玫瑰谷(三)
292　七律·游园

292	七绝·烟雨玫瑰谷
292	七绝·游百菊园
293	七绝·诗乐玫瑰谷(四)
293	七绝·诗乐玫瑰谷(五)
293	自由诗·致骆驼
296	自由诗·放飞心情,追逐梦想
297	五绝·山中吟
297	古城淳朴风
297	自由诗·醉美草原
299	自由诗·再见了,朋友
302	七绝·与友人同游武当山
302	七律·骋怀
302	七绝·金永路行吟
303	七律·咏云庄山
303	诗乐轻骑(五)
303	自由诗·两个灵魂
305	七绝·咏水云山
305	七绝·水木年华
305	五绝·独坐六角亭
305	自由诗·自然的脚步
307	自由诗·两只鸽子
311	七绝·题文留南京漫游
311	七绝·咏诗人匡文留漫游江南
311	七绝·咏文留畅游西湖
311	自由诗·玫瑰谷夜语
315	《雪峰晨语》(三十五)
316	自由诗·?
317	《雪峰晨语》(三十六)
317	七绝——致正明君

318	自由诗·诗别玫瑰谷
319	自由诗·玫瑰谷的花言草语(二)
322	《雪峰晨语》(三十七)
322	《雪峰晨语》(三十八)
323	《雪峰晨语》(三十九)
323	《雪峰晨语》(四十)
324	自由诗·我心飞扬
325	《雪峰晨语》(四十一)

第三辑　白瑞诗文

329	握笔在手心向远方
331	老大的烦恼
333	读《雪牙的问候》有感之下二
335	读《青藏高原·第三篇章》有感
336	电动车的"疾"与"急"
339	父亲节遐想
343	读雪峰《不愁天下不识我》有感
345	东楼赋
347	国庆节小聚2019
347	五言诗·诗说骚人墨客雪峰
348	心曲悠悠心河奔流
348	自由诗·白瑞试说匡文留
350	诗、歌、学、听、读者说
351	致班婕妤
352	生活在春天里——境由心生,情由心造
353	二人行
353	新"师长"说
354	杜,文,白
354	惊　蛰
355	师大兄弟聚首

355 闻画家之名
355 龙抬头
356 致小白白工作的兄弟姐妹们
356 无　题
356 重阳节家信

附

358 精神健美操——《雪峰文论》节选
359 雪峰随笔

跋

361 似这般天高水长人可期

后记

365 亲情融汇,血脉传承

第一辑

雪峰散文

沉思集

此题为"沉思集",由来久矣。

先说"沉",乃"沉重"之"沉","沉痛"之"沉","沉积"之"沉"。

再说"思",乃"不思"之"思","挥之不去"之"思","不得不思"之"思","自觉不自觉"之"思",长期"发酵"之"思"。

后说"集",宛若湖中之水,微风轻拂,或飓风乍起,涟漪、波浪,快速聚集,层层相连,齐涌而至,又瞬间散去,又聚集涌来,循环往复,往复循环。

因此,"沉思"又如"尘土"之堆积。

也因此,"积土成山,风雨兴焉"。

于是,便有了《沉思集》。

这"积土成山"的"沉思","发酵"之所以长久,是因为它逶迤着黄土高原与青藏高原及此两大高原间昼夜不舍地流淌着的黄河;衔接着20、21世纪及其间的三个时代,更穿越着45个春夏秋冬。

这"风雨兴焉"的"沉思"之聚集,诚如鲁迅先生对于人类前行历史的比拟:当时用了大量的木材,结果形成的却是一小块煤。

……

这"沉思",越想使其"淡出",它却越"淡入",且不断"闪回";越想使其"渐隐",却越"渐现"。

我无可奈何!

既如此,倒不如任其如湖面之水,任其或随微风,或因乍起的飓风,任其涟漪浪花或快或慢地聚集,任凭它层层相连,任凭

它齐涌而至，又四面散开，又聚集涌来。

虽说无可奈何，但我内心深处清楚地知道，这挥之不去的沉思，实为我生活中和灵魂里的"烙印"——而"烙印"是无法"抹"去的，休说想"挥"，更别想使其"淡出"和"渐隐"了。

这样，我倒越来越快意于它的不断"闪回"了。

由于这个缘故，我淡定了：淡定地欣赏这"沉思"的"淡入"和"闪回"，快意地享受它的"渐入"与"突现"……

有了淡定的心怀，我便奈何得了这"烙印"般的沉思，也对循环往复于湖面聚集、散去，散去又聚集的层层相连的涟漪与波浪有了快意地享受的对策。

我突发奇想地把自己幻化成一只轻盈的蜻蜓，翻飞于湖水之上，舒展平直透明的双翼，快速转动如涂抹了润滑剂一般灵动，突兀如玻璃球晶体的双眼，在翻飞起伏的瞬间，有节奏地点击湖面，观赏湖水的平静与波澜，同时欣赏着倒映于水中自己矫捷的身姿与至美的倩影——我不仅"有可奈何"了，而且"奈何"得越发自如了！

我快意我"奈何自如"！

"沉思"以"思绪"为线索。这线索如太阳的光束，照耀四射，又如湖面和海面的波涛，滚滚而来。

光芒四射的光束与滚滚而来的波涛，又宛如逶迤绵延着的黄土高原与青藏高原，使我觉得既远在天边，又近在眼前。

于是，我的心怀更加淡定了。

我淡定地回视，淡定地沉思。

……

我又一次放飞沉思的蜻蜓，任其鼓翅奋翼，任其"点击"水面。任其自由地穿越波浪的空隙，翻飞于四射的光束的间隙……

20世纪末叶的中国，有两首歌曲响彻大江南北，回响在中华大地上。其一是《黄土高坡》，由陈哲作词，苏越作曲，胡月演唱。其词曰：

我家住在黄土高坡，大风从坡上刮过。不管是西北风还是东南风，都是我的歌，我的歌……
我家住在黄土高坡，日头从坡上走过，照着我窑洞，晒着我的胳膊，还有我的牛跟着我。不管过去了多少岁月，祖祖辈辈留下我，留下我一望无际唱着歌，还有身边这条黄河……
我家住在黄土高坡，四季风从坡上刮过，不管是八百年还是一万年，都是我的歌，我的歌。

我在21世纪，公元2018年的立秋之日，在中国的西部，要郑重地感谢这首歌的词作者、曲作者，还有演唱者。尽管出生我的黄土高坡的我的家，没有牛，也没有窑洞，但有西北风，有日头，还有黄河，更有我的祖祖辈辈。

在黄土高原的黄土高坡的我的家乡，我读完了小学和中学。

其二是《青藏高原》，由张千一作词、作曲，李娜演唱。其词曰：

是谁带来远古的呼唤？是谁留下千年的祈盼？难道说还有无言的歌，还是那久久不能忘怀的眷恋？哦，我看见一座座山，一座座山川，一座座山川相连。呀啦索，那可是青藏高原。
是谁日夜遥望着蓝天？是谁渴望永久的梦幻？难道说还有赞美的歌，还是那仿佛不能改变的庄严？哦，我看见一座座山，一座座山川，一座座山川相连。呀啦索，那就是青藏高原……

21世纪，2018年的立秋之日，我更要虔诚地感谢这首歌的作者及其演唱者。尽管青藏高原不是我出生的地方，但它是黄河出生的地方，而我是喝着黄河水长大的。

在我年过17岁不满18岁的时间里，我曾先后八次跋涉于青

藏高原,也就是我曾经为数不多地向妻女与友人提及的"八上青海"。因为这个缘故,"青藏高原""青海""青海人""黄河""草原""西宁""湟源""日月山""海晏""扎麻隆"等地名语词,在我思想的河流里,在我健康的血液里,一直流淌着,奔涌着,也滋养和滋润着我的生命和我的生活。

并且,这"流淌",这"奔涌",在我灵魂深处,不时地"淡入",不时地"闪回"。

汉语里的有些词语,随着时代的发展,其本义也在不断变化,而且不同文化心理、不同美学理念的人,对它们的认识和理解是不尽相同的。如"蜻蜓点水"的本义是指一些人做事不踏实、不认真,如"浮光掠影",但对我而言,这两个词语,恰是我至高的思维模式与至纯的美学追求。

因此,我放飞沉思的蜻蜓,不光"点击"水面,还要在水面上"浮光掠影"呢。

既然"沉思"以"思绪"为线索,那么,这线索串起的无疑是"过去""现在"与"明天"。

问题在于:"过去"永远不会"过去","现在"尚在现实中,而"明天"必将到来。纵观人类历史,已经"过去"的"明天"里,是某些"过去"的重现;而还未曾到来的"明天"里,突然会重现一些已经"过去"的"过去",只是"重现"的形式不同而已。

有些经典的文学作品也是这样。90多年前,鲁迅先生创作了小说《阿Q正传》中的阿Q,作者创作这一形象的心理愿望是希望其"速朽",但将近100年了,阿Q形象非但没有"速朽",反而越发鲜活了,众多的"阿Q"终于并且越来越自豪起来了。至于这形象何时"速朽"或"绝种",我实在觉得尚不可知。

特定历史时期的人类生活及其状态的改变是不易的。

一些哲人和导师的担心与告诫有时候也是多余的。

如对于"过去",有这么一句名言:"忘记过去就意味着背

叛。"作为人类意识形态重要内容和形式的"记忆",是不可能被"忘记"或"忘却"的。事实是有时候有些事,有些"过去",越想忘记,却越记忆犹新,越记忆深刻——这便是历史("过去")的厚重!

在现实社会中,一些人想忘记过去,是其心理或生存的需求,是想"掩盖"自己的一些特殊的"过去";一些人不忘记"过去",是因其不想也无法忘记过去。我属于后者。

我的不想忘记和无法忘记"过去",与出生我的黄土高原和我不满18岁时八次跋涉的青藏高原及《黄土高坡》《青藏高原》两首歌曲有着深切的渊源。

和我一样,我的妻子也出生于黄土高原。所以,那首《黄土高坡》自问世以来,便成为我们家庭生活中的和谐曲。妻子唱起来声情并茂,我则把它诙谐化,并伴以怪诞的舞蹈动作。

至于《青藏高原》,我对这首歌曲的心理状态则是独特的:首先是振聋发聩;其次是感觉此歌曲专为我而作;最后更是朦胧地觉得是我自己的作品,待我意识清醒后,才在心底埋怨张千一抢了我的先。

一次,朋友邀我去他家喝茶。我有个习惯:在听特别的音乐时,边喝茶,边饮酒。因为是熟识的老朋友,在听《青藏高原》之前,我不客气地说:"有酒吗?"朋友当然知道我的这一习性,自然斟上一杯酒。我将茶杯和酒杯平行地放置于我的面前,并声言在音乐结束前不要说话和走动。朋友夫妇当然满足了我的请求。

在肃穆的氛围中,《青藏高原》的旋律缓缓而起……

随着那旋律的回旋、漫延,我从沙发靠背上直起腰身,正襟危坐,慢慢地闭上了双眼。

我自觉周身发热,面红耳赤。朋友自然看见了我情绪的变化,告诉我歌曲已终了。我仍微闭双眼,要求再连放两遍。

那旋律再次响起。渐渐地,我感觉浑身瘫软,眼泪如断线的珠子,不停地流淌,嘴角不停地抽搐,也似乎看见了自己脸色苍白。朋友夫妇小声地说:"唉!老白怎么流泪了!"

听到朋友的话,我努力地睁开泪眼,一把抹掉还在脸上流淌着的泪水,一手拿起酒杯,一饮而尽。然后我起身,蹒跚地向门口走去,口里说着"我要回家……"。朋友知道不能挽留我了。

自《青藏高原》旋律响起,很快地,我就无暇顾及欣赏那优美的旋律,也无暇顾及理解和欣赏那含义深邃的歌词了——我的灵魂已经跋涉在青藏高原上了——前面我已两次说 18 岁之前我八次跋涉过那"一座座山,一座座山川,一座座山川相连"的青藏高原;18 岁以后,也即早在张千一创作《青藏高原》之前,我就多次地发问:难道说还有无言的歌?特别是早就也一直在我的心底,在我的生命里,就有唱着"无言的歌",也早已筑起了我心灵的庄严,而且这庄严也着实不能改变。对于青藏高原,我自然有着"不能忘却的眷恋",同时,我得到了"永久的梦幻"……

从朋友家出来,我独自行走在宽广平直的马路上。

我的心,则庄严地跋涉在青藏高原上……

这一年,我 39 岁。

在诸多困惑与疑惑中,我即将步入不惑之年。

初上青藏高原

45年前,我高中毕业,由一名品学兼优的中学生,骤然间成了一名回乡知青。

我的家乡虽然地处黄土高原,但距离省城仅20公里,而且紧邻陇海铁路,所以,常常有人传来外面世界的一些关于"粮"的消息。记得当时据说有人从青海"背"来了青稞,这消息不胫而走,于是,陆续有更多的人去青海"背粮"。

我所在的村庄,几乎家家有一个"背粮人"——上至年近七旬的老人,下至十四五岁的孩子。个别没"背粮人"的家庭,只好去省城"手心朝上","爸爸、妈妈、叔叔、阿姨、大哥、大姐"地沿街挨门去乞讨了。

"背粮"并不简单,而且不光是"背"。首先是选择相约同行者,因为初春的青藏高原要比冬天的黄土高原寒冷得多,而且那里多是藏族人民,不光高寒缺氧,不光语言不通,而且还有当地严厉打击投机倒把的"民兵队"和声如巨雷的"狮子狗"(藏獒)——一句话,有很多的不测和惊险。

其次是准备工作:在麻袋里装好烟叶子,脱去春天的"夹衣",穿上冬天破旧的棉袄、棉裤,在身上秘密地藏好三五块钱和两三斤粮票,还有绳子和针线。

最后是"趴火车"——无票乘客车或偷坐"货车",还有如《智取威虎山》中杨子荣上威虎山般的随机应变的化装,形象当然没有杨子荣那样英武,而是一个十足的叫花子或逃难者。

许多人都有一个年龄相仿的最好的朋友。比我小一岁的我的好伙伴,名叫玉海。玉海早就选中了我,不止一次地来约我。我也在心里"相"好了他,只是迟迟不肯应约。

玉海小我一岁,身高与身型几乎与我一样,虽然没上高中,但是他是村里出名的"机灵鬼""麻利人"。我经常和他一起"练拳脚",更多的则是给他说书、讲诗谈词——我俩无话不说,是彼此最重要的朋友。

一天傍晚,玉海又来约我去"背粮",我还是不答应。当时我虽然饥饿难耐、食不果腹,但是满脑子都是"万般皆下品,唯有读书高"。我在上小学四年级时就基本上背下了《汉语成语小词典》;中学毕业前就读完了中国的四大名著,高尔基的《童年》《在人间》《我的大学》,《唐代三大诗人诗选》,还背下了《毛主席诗词三十六首》《韩湘子全传》等。

那时的我,早就知道"路漫漫其修远兮,吾将上下而求索"是屈原的诗句;知道司马迁的《史记》及司马迁的事迹;也知道陶潜不为五斗米折腰;还知道朱自清宁可饿死,也不领救济粮——一句话,早知道"嗟来之食"不可食。我还曾经煞有介事地把酒精与水兑成的"混合水"倒进茶缸里,夜里去河滩里,对着天空的月亮,吟诵李白的《月下独酌》;也曾把柳条别进腰间,在河边大声地吟诵李白的"天生我材必有用,千金散尽还复来"。尽管我无"千金"可散,更无"分文",但心胸与气度一点也不亚于李白。哈哈!

不仅如此,我还要"粪土当年万户侯"呢!哈,哈哈哈!

——饥饿中成长的我,精神上却早熟了。

这样一个我,怎么能去"背粮"呢?

然而,我极不情愿地被严酷的现实击倒了,被饥饿征服了。

我答应了玉海的相约,决定与他一起上青藏高原。去"一座座山川相连"的地方——"背粮"。

和其他"背粮人"(包括玉海)一样,我做了必要的准备。不同的是,我在怀里揣进了《唐代三大诗人诗选》和一个我自己用白纸装订的笔记本,还有一支吸满墨水的钢笔。

当时的"背粮"行为,对于其他"背粮人"来说,或许是平常之事,但对我而言却是一个重大的决定。而事实证明,它确是一个重大决定,它影响了我 45 个春夏秋冬,牵连着我生命里一万六千四百多个日出月落,使我早在 45 年前就在心底唱起了我的《青藏高原》的"无言的歌",而逶迤着的高峻的青藏高原,业已发育成我的精神骨骼……

我和玉海准备就绪,背上各自的行囊,走出家门,出发了。

步行五华里①,便是一个叫作陆家崖的小站。一路上我们商量着溜上火车(客车)的各种方案——无票乘车是不容易的。

玉海聪明机灵。我一边点头应和他设想的各种方案,一边想象着在文学作品里读到过的青藏高原的蓝天白云,广阔碧绿的草原和成群的牛羊……

到了车站,我们等待的西安—西宁的列车缓缓进站。火车停下来的那一刻,我们的心紧张得都能听到咚咚的跳动声——因为停车只有两分钟,而我们要在两分钟之内成功表演:正在读中学的两个少年,奉家人之命,背着乡下的土特产去城里走亲戚。

不知是列车员善良,还是我们的表演逼真,抑或是我们天真可爱,总之,我俩的表演成功了——我们顺利地上了火车。

至于座位,当然没有。我们理所应当地在车厢过道里放下"行李",坐在上面。

过了兰州,我赶紧从怀里掏出准备好的笔记本和钢笔,睁大眼睛,不能遗漏地记下所到站名和前方车站站名——以备查票的列车员问"从哪里上车""到哪里去"时,好不假思索地说出前方车站的站名。

我还兴奋地望着车窗外连绵起伏的群山,还有沿山穿峡东流而去的黄河。我第一次看见了由黄土高原向青藏高原过渡着的山

---

① 1 华里 = 1 里 = 0.5 千米。

恋的山形地貌，为自己出省、跨越两大高原而自豪。然而，一看到黄河，我心中升起的自豪一下子就变成了自怜：黄河东流我西去，我为自己与黄河背道而驰而自责，同时，心里隐隐滋生了被黄河抛弃的自悲。在这复杂难言的情绪中，我第一次感受并意识到我走出家门了，离家人越来越远了；也清醒地意识到自己中学时代的结束，明确了自己身份的转换，尽管转换得模糊不清——回乡知青？"背粮人"？逃难者？

我不能自已地想家了。

我分明看见了父母脸上的愁容，看见了弟妹们因饥饿而瘦弱的身躯……

玉海的眼睛珠也不再如原先那样滴溜儿旋转，脸上的笑容也少了。

我俩相视片刻，不说一句话，只是不约而同地紧闭嘴唇，嘴角流露出小男子汉的坚毅与勇敢。

前方就是列车终点站——西宁，也是当时陇海铁路的终点站。

西宁是青海省省会。列车到达西宁时，已是半夜。我们在候车室过夜。

四月高原城市的空气中，弥漫着高原的寒冷，并夹杂着藏族居住地特有的味道，远不像黄土高原的空气那样单一和清纯。

候车室外，不时传来呼呼的高原风声。我们蜷缩着身体，等待天亮——西宁不是我们的目的地，只是中转站。出门前，我们已向其他"背粮人"打听好：到了西宁，上午有一趟发往海晏的市郊车（小火车）。海晏是当时陇海铁路的延伸段，只通货车和每天一趟的市郊车。由于是市郊车，所以查票不严，有时甚至不查，乘客多为本省的农牧民。

我们放心地上车。上车后我们却忧心忡忡，因为在海晏下车后，便是典型的青藏高原和茫茫的草原。那里人烟稀少，很少能看到人家，只在能看到牛羊的地方，才偶尔有一两户人家。

傍晚时分，市郊车到达终点站——海晏。下车前，我和玉海拿出各自的干粮袋，互相对视了一下，略停片刻，吃完了仅剩一顿的干粮，脸上显出了无奈的神色——铁路到终点了，我们也断粮了。

我们在西宁候车室度过了离家后的第一个夜晚。我蜷缩着身体，把一只手伸进怀里焐着，摸着怀揣的《唐代三大诗人诗选》，想着走出家门后经历的上车表演和望着车窗外山峦和黄河的感受及复杂心理，想着列车上挂着的"西安—西宁"的车牌，不由自主地想到：我的人生，我的生活，何时能不再饥饿而既"安"又"宁"呢？！

我还在想：今晚，我们要在寒冷的茫茫草原上度过离家的第二个夜晚——漫长的高原之夜。

高原之夜

黄土高原，虽然山川相连、绵延起伏，但是在单调中显现出厚重，而在这厚重中给人以宁静与安全感。

青藏高原的色调不像黄土高原那样单一，由土黄色向浅灰色逐渐过渡再到黛青色，并且在色彩的变化中、在逶迤连绵中显现出高峻，而又在这高峻中给人以庄严与沉思感。

由西宁开往海晏的市郊车，于傍晚时分到达海晏车站。由于这是陇海铁路延伸段的终点，所以没有候车室。

我与玉海下车后，觉得行囊变得沉重了。我们明白，一整天我们只吃了很少的干粮，各自的干粮袋里已没有任何可食之物，唯有一瓶葡萄糖瓶里装着的凉水。

我们的身体没有了力气，心里充满了迷茫：整个海晏站只有一间简易的工房，铁轨上停着几节没有车头的货车车厢。四周没有一户人家，也不见一头牛或一只羊，荒芜的草原衰草连天，东、西北三面天地相连，南面的日月山白雪皑皑，与天相接。

我们不知道要去向何方，只是朝太阳西沉的方向走去。

我俩都是倔强而又不服输的人，此时谁也不愿表现出无计可施的无能。我毕竟长玉海一岁，而且高中毕业。沉思片刻后，我说："走慢些。"——其实此时我们已经走得很慢，一是我们力气越来越小，二是山势越来越高。

玉海明知故问："为什么？"我不答，只"唉"了一声，然后说："坐下。"

高原上太阳一旦落山，夜幕马上降临。

我俩各自东张西望后，不约而同地垂下了头，看着脚下在寒风中瑟缩着的枯草。

玉海一边埋头拨弄衰草,一边问:"今晚咋办?"我抬起头,指向已离我们很远的车站停着的无车头的黑色货车厢……

天色完全暗了下来。草原上不见一个人影,也没有一只牛或羊,没有犬吠声,只有呼呼的风声……

我们面面相觑,心里都清楚:今晚若来一只草原狼或一只"狮子狗",我们就小命休矣。在饥饿、寒冷、恐惧的驱使下,我们努力向最高一节车厢走去。

于是,我们背上行囊,爬上很高的车厢,又纵身跳入车厢内。

车厢很高,超过我们身高的三倍多,而且又宽又长,里面什么也没有,只有零落的几节草绳。

我俩将行囊放在车厢的一角,一边原地踏着小步,一边缩着脖子,捧着双手,张开干裂的嘴唇,往手心里哈热气,然后快速地搓手、搓脸。四周是冰冷的车厢钢板,头顶则是深邃的天空。夜色下,我们各自看见对方瑟缩的身体,布满灰尘而又苍白的脸色,还有惊恐不安的眼睛。

午夜时分,高原风大作,呼呼的风猛烈地撞击车厢,呼啸着,一阵阵地从无盖的车厢上面掠过,又冷不丁地向我们"筛糠"般的身躯袭来。我俩紧紧地抱作一团,牙齿"咯咯"作响,冰冷的泪水顺着眼角流向脸颊,继而快速地冻结……

寒风不停地吹着,鬼哭狼嚎般地呼啸着。我们捡起草绳,裹紧棉袄,用草绳扎紧衣服,试图扎住寒冷,扎住瑟缩,扎住"咯咯"的牙齿。我们的双脚冻得烧疼,双手已经麻木得不灵便了,葡萄糖瓶中所剩的凉水早已冻成了坚硬的冰。

我们不光断粮,也断水了。我们期盼着天明,期盼着太阳出来,而离天亮还有四五个小时。

我们不得不耐心地等待,不得不耐心地等待天明,不得不心悦诚服地忍受寒冷、饥渴及盼望天亮的煎熬。

在这种等待中，煎熬中，我的眼前不时地闪现着一些画面——

我们明天换到的一粒粒青稞，像一颗颗闪闪发光的金豆子……

当我背着青稞走进家门后，父母脸上现出了惊喜，现出了儿子平安归来的宽慰。

母亲点着炉灶，在大铁锅里翻炒青稞。我家烟囱里的青烟袅袅升起，院子里响起了噼里啪啦的青稞爆裂声。

空气中散发着青稞炒面的清香。

弟妹们端着碗，吃着青稞炒面，脸色不再蜡黄。

……

随着黎明的即将到来，高原的夜晚越发寒冷。这时，我们不再担心一只草原狼或是"狮子狗"跳进高大的车厢把我们"茹毛饮血"。反之，则在心里奇特地盼望它们的突然出现——人在特定情况中、特定情境中，有着特别的心理和特别的思维。我想：假如真的有一只草原狼或者"狮子狗"来吃我，我也理解——它们也是为了生存；它们想方设法地来吃我，也正如我想方设法地"背粮"。想着想着，我的身体不再如先前那样瑟缩，牙齿也不再像先前那样"咯咯"作响。我把这种想法告诉玉海后，我们倒镇静了许多。

我们慢慢地镇静了，高原的寒风也渐渐地小了些。

随着心情的逐渐平静，我开始心灵逃亡。

我不再惊恐，不再惧怕，也不再瑟缩了。反而，我还有些"大义凛然"了！

题外话（一）

逃亡成功的我的心，当时折射出无数的光束，这光束从四面八方的天际而来，聚集射入我的心中，又从我的心底反射出更加耀眼的无数条光束，四散开去，照耀着神秘的青藏高原，在青藏高原连绵的山川，在茫茫的初春的草原，在白雪皑皑的日月山……在黄河之源，熠熠生辉。我只觉得，有许多话想说、要说，又一句话也说不出来。

我还朦胧地记得，在那个高原之夜，我在心里唱起了我的《青藏高原》之歌，歌词中还引用了《长征组歌》中《过雪山草地》的歌词：

……

雪皑皑，野茫茫。

高原寒，炊断粮。

……

45年过去了。45年来，我常想，常不止一次地想：人真是不同于其他动物的特殊动物。人与其他动物的相同点只有一点，就是一切为了生存。不同点也只有一点，那就是人不光想方设法地活，还要想方设法地死；而其他动物，只是为了活，想方设法地活。

我还不止一次地想：原来赵忠祥解说的《动物世界》，为何开篇不先说"人"，并把"万物之灵"的"人"专章专节地大说而特说呢?！这不光是一个不足与缺憾，或许这"不说"中含有许多"不解"或"不测"呢！

于是，我也不止一次地想：人为何在活着的时候还要想到"死"呢？且人会采取诸多方式，如投江、跳河、上吊、服毒、绝食、自刎……

我还多次地想：我也是"人"，但我这个"人"只思谋"活"，并且想方设法地活——要像其他动物那样，只想方设法地活。而我又无法也不想只做其他动物，这并不矛盾，即便矛盾，我也已经找到并且获得了解决这矛盾的方法，即像动物（包括人）一样活，特别是像"人"以外的其他动物那样——只想方设法地活。

并且，我要说出我心底的话，我所设计的追求是做一个"动物"——既要像动物们那样"动"着活，还要像动物们那样"静止"地活呢！

在青藏高原，我残疾了一颗牙

漫长的高原之夜过去了。我和玉海在寒冷、饥渴、惊恐和惧怕中挨到了天亮。

寒风不再吹，高原上一片宁静。我们不再担心草原狼或"狮子狗"跳进车厢，也无暇顾及腹腔的饥渴。

我们放心地坐在各自的行囊上，摩拳擦掌搓脸耳，商量去哪里换青稞。商量的结果是朝西宁方向寻找人家，换上青稞后去西宁坐车返回兰州。

商量停当，天也大亮，我们强打精神，一会儿摇晃、一会儿把葡萄糖瓶塞进怀里，一会儿又拿出来摇晃。等瓶中的水慢慢融化、解冻，我们仰起脖子，喝光瓶中所剩不多的冰碴儿水，再把空瓶装入干粮袋，互相帮助着背好各自的行囊，艰难地从车厢底往上攀爬，再从车厢顶部往下爬。

我们跳出车厢，离开车站，站在大草原上。我甩了一下头，不再与玉海商量，坚毅地说："走，转东寻找炊烟，哪里有人，有牛羊，有人家，就往哪里走。"

我们开始了跋涉。高原之夜，不平凡的高原之夜，仿佛让我一下子长大了，心灵和思想一起长大了。

太阳升起来了。尽管将近30个小时没吃任何东西，但此时我一点也不觉得饿，也忘记了饿。我抬头先望了望天空，再环视了一下四周，才看清了这里的山形地貌：南边远处是连绵不绝、白雪皑皑的日月山，高耸入云，山顶的白雪与天上的白云相连接；东、西、北则是漫坡的草原。时值早春，草原上没有一点儿绿意，衰草连天，远处显现出一些忽高忽低、隐隐约约的山峦。

太阳升起，不刮风的高原的早晨，并不寒冷。也许是我们身背行囊跋涉的缘故吧，我和玉海的脸渐渐地红润了，身上也开始

发热。我对玉海说:"从现在开始,一鼓作气,你跟着我,不准停下来。"听到我不容商量的语气,玉海一言不发,只是点点头,坚毅地加快了脚步。

这时,一只雄鹰从我们头顶飞过,鼓翅奋翼地飞向远方。早晨太阳的霞光还未散尽,我们的额头上也沁出了汗水。昨夜的寒冷、饥饿、惊恐及夹杂着绝望的恐惧,一切的一切,已经被我们驱赶,只有饥渴还暂时残留在我的腹腔中。

走着,想着;也想着,走着……

我忽然想起读高一时,语文老师看了我写的一篇作文,鼓励道:"不错,还有点高原藏族的风格呢!"当时我心里有点不好意思,但我明白,不久前我读了一篇有关青藏高原的小说或是一首诗歌,其中的草原、雪山、阳光、雄鹰,都给我留下了极深的印象。

这样想着想着,我情不自禁地唱了起来:

太阳啊,霞光万丈;雄鹰啊,展翅飞翔。
……
雪山啊,闪银光;雅鲁藏布江,翻波浪。
……

唱完一曲,又接一曲:

雪皑皑,野茫茫。高原寒,炊断粮。
……
风雨侵衣骨更硬,野菜充饥志越坚。
……

看我唱得认真、动情、声情并茂,玉海小声地说他也想唱。我说:"好,坐下休息一会儿。"这时我们已一口气走了两个多小

时,也确实累了。我问玉海:"饿不饿?"他苦笑了一下说:"能不饿吗?"玉海是我最好的朋友,我当然也是他最好的朋友——他从小就很崇拜我。在"背粮"同行者的选择中,我们能互相选中对方,是理所当然的。

玉海不仅聪明、机灵、麻利,读的书也不少,加上我经常给他说书、讲诗谈词,他虽未上高中,但文学素养一点也不亚于当时高中毕业生的中等语文水平。

自夜宿西宁车站至今,我俩还没好好地说过话呢。想到这里,我说:"这样,我俩等一会儿走的时候自编歌词唱。记住,你还叫'玉海',我改名'雪峰'了。"他不解地问:"你啥时改的?我怎么不知道?"我答:"就是刚才我望着日月山唱'雪山啊,闪银光'的时候。"说完,我说:"起来,开始,走!"

我们又开始了跋涉。一会儿,我的歌声先响了起来:

太阳啊,霞光万丈。雪山草原,多么宽广……雪峰玉海来背粮,希望我们的麻袋装满粮。

玉海的歌声也响起来了:

玉海呀,告别了爹娘,约上好朋友,去背粮。望着雪峰我自有力量,我们一定会度过饥荒。

……

我被玉海的创作才能惊呆了,顺势看了他一眼,只见他脸上的汗水和着泪水一起流淌。我本来已激动起来的情绪,被他感染得越发激动。我索性放开嗓门、放开思绪高歌起来。

我们用一个曲调、同样的旋律,高唱自己心中的歌。

我听不清也无暇顾及他的歌词,只清楚地记得当时我大声地唱道:

玉海呀，莫悲伤。你看那草原多宽广。今天咱俩来背粮，是为明天的希望。

雪峰啊，闪银光。玉海呀，我们要坚强。青藏高原有我们的理想，黄河东流奔向远方。

……

唱完后，我俩竟躺在地上，望着天空大笑起来……

过了一会儿，我们坐起来，各自用手背抹去脸上的泪水和汗水，互相对视了一眼，然后抬头向前方望去。我们几乎同时发出惊呼："啊！快看——炊烟！"

我们又抬头望了一下天空，太阳当头照，这已是正午时分。

我们站起身，背起行囊，继续跋涉。我们的身体左右摇晃，走得很慢——我们已经筋疲力尽了。

我们望着远处的一缕炊烟，艰难地蹒跚……

走了两个多小时，我们到了炊烟升起的地方——三间砖瓦房。房子很大，一分为三，左间小，像是办公室；中间摆着两张方桌和几个长条凳；右间是做饭的地方。我们一看这是个食堂，心里一下子充满了希望，也顿感因饥渴和疲乏而浑身瘫软。

我们忐忑地走进去。

从左间屋里出来一个穿蓝色工作服的中年男子。我俩学着用青海话央求："师傅，我们是甘肃人，家里没吃的了，来你们青海用烟叶换点青稞。我们已经一天一夜没吃没喝了，饿坏了。我们只有两三块钱和三四斤甘肃粮票。你能不能卖给我们点儿不要粮票但带点面粉的吃的？"

听了我们的央求，这位汉族中年男人脸上现出为难的样子，说道："啊？馒头之类的没有啊。"说完便走进右间做饭的地方。

一会儿，那个工作人员与另外两个穿蓝色长褂工作服的也是汉族的厨师模样的人走到我们面前，打量了我们一番后，三人用

青海土话商量了一下，然后工作人员示意我们放下行囊，在凳子上坐着。

很快，一位厨师端来两碗汤，放在我们面前，说："给，粉汤！"

我问："师傅，多少钱？"厨师说："快喝了，钱的不要。"我们既放心，又感激，端起碗"咕噜噜"一口气喝了下去。厨师看了看我俩，只是摇了摇头，然后走进右间厨房。

这时，左间办公室的工作人员走到我们跟前，让我俩先休息一下，喝点水。说着，端来两碗白开水让我们喝，并告诉我们有人家的地方的方向，说"大概有30里远"。

我和玉海喝了粉汤和开水，又知道了我们要去的地方，便背起行囊，先向那位工作人员道别。

我们跨进门槛，一股煮牛肉的香味向我们扑来。我们抬头一看，只见大案板上堆放着刚出锅的热气腾腾的牛肉，两位厨师正忙着剔肉。我们刚说完道别的话，两位厨师二话不说，一人拿起一块剔过肉的骨头，塞到我俩手中。

我们平生没见过这么多的煮牛肉，也从未有人给过我们这么大的带肉的牛骨头。

我们惊喜又感激地接过牛骨头，啃了起来。

我一口啃下去，"啧啧"着牛肉的香味，想美美地吃一口，但没想到牛筋别进了我的下门牙牙缝，胀得我的牙齿木登登的。我试图从牙缝中抽出牛筋，但怎么也抽不出来，稍一用力，牛筋抽出来了，但同时我顿觉脑袋"嗡"的一下——我的下门牙中间的一颗牙高出别的牙半截，只连着牙根。我吐出口里的血水，装出闭嘴的样子，用一只脚轻轻踢了一下正在埋头啃咬的玉海。玉海不解地抬起头，嘴里一边嚼着牛肉，一边嘟嘟囔囔地问："咋啦？"

我张开嘴巴，指着那颗高出半截的牙齿，接着往地上吐了一口血水，把我手中的骨头递到他手里。

疼痛越来越剧烈，我放下行囊，解开麻袋，掏出三大把烟叶，一分为三，示意玉海向三位好心的师傅致谢。

玉海很聪明，知道我口齿不清了，便用青海话请出了三位师傅，指着桌上的烟叶，说"谢谢"。

三位师傅明白了我们的意思，执意不收烟叶，说："你俩这么小年纪，来这么远的地方，太不容易了！"说着将烟叶往我们的麻袋里装。我俩坚决不从。

我半闭着嘴，用手指了指桌上的两块牛骨头，背起行囊，也让玉海背起行囊，又指着牛骨头，对玉海说："拿上，走！"

告别了三位师傅，我们上路了。走了十多米，我回头向还在冒着炊烟的三间食堂望去，只见三位好心的师傅还站在门口，不时地摇摇头。

走了半个多小时，我停住了脚步，玉海也停下了脚步。

我半张着嘴，艰难地说："我不能说话了，恐怕吃饭、喝水都有困难了，这一路就全靠你了！"说完，又往地上吐了一口血水。

玉海不说一句话，把手中的两块牛骨头扔到地上。

见他这样，我闭紧嘴巴，生气地"嗯"了一声，让他捡起来。

玉海一言不发，直流眼泪，一脚，又一脚，将两块牛骨头狠狠地踩了两脚；一脚，又一脚，将两块牛骨头踢得远远的。

接着，玉海一边流着眼泪，一边牵起我的另一只手。

我们向前走去。

啊，青藏高原！

啊，我的那颗残疾的牙！

啊，玉海，我当年的朋友！

我和玉海谁都不说一句话，都紧闭双唇，在茫茫草原上奋力地走着……

将近傍晚，我们看见了远处一缕袅袅的炊烟。

广袤的青藏高原，人烟稀少，空气格外清新。一旦望见炊烟，就似乎闻到了青稞炒面的清香。

于是，炊烟成了我们的路标，青稞炒面的清香则是我们双腿的助推器。

我俩仍一言不发，只是更加奋力地往前赶，向着同一个目标，又想着各自的心事。

当时玉海心里想什么，我自然不知道，但我当时心里的想法，我至今记忆犹新——我口中的血水慢慢地少了，也慢慢地淡了，疼痛也减轻了许多，只是那颗牙摇摇欲坠。我当时的希望很单一，只希望它能掉下来。我试着轻轻地摇了摇，似掉非掉，但牙根还很结实，紧紧地连接着牙龈。

我心里想了好多，又似乎什么都没想。只是忘却当然是暂时忘却了，业已残疾的牙。

复杂多变的思绪又一次折射出无数的光束——这光束从四面八方的天际而来，聚集射入我的心中，又从我的心底反射出更加耀眼的无数条的光束，四散开去，照耀着高峻神秘的青藏高原，在青藏高原连绵的山川，在茫茫的初春的草原的傍晚，在白雪皑皑的日月山，在黄河之源，熠熠生辉。

想着，走着；又走着，想着。

我下意识地将一只手伸进怀中，摸了摸怀揣的《唐代三大诗人诗选》——还在；又摸了摸吸满墨水的钢笔——也还在！

这时候，我一点儿不觉得饿，也一点儿不觉得渴了，脚下也有了力量。我心想：腹中空空，不怕；牙疼或掉，也不怕。只要我怀里钢笔装满墨水，就好，就一切都好！

我还想：我是一个男子汉，是一个来自黄土高原的男子汉！我要与青藏高原比高，要与青藏高原争雄！

我又想：我要像雄鹰一样，在高天云际飞翔，像其他动物那样——想方设法地活。总有一天，我要吃饱喝足了重走"背粮

路"，重上青藏高原……

想着想着，我又想像前面那样高歌了——然而，此时的我，连话都不能说，怎么能放声高歌呢？想到这里，我心里布上了一些阴云……

不！我要驱散心中的阴云。我的心还没有残疾——而心灵是不会残疾的。我想起了司马迁。我在读高一时，就读完了《司马迁和〈史记〉》。

就这样走着、想着；也还是这样想着、走着，我在心底，在我灵魂的谷底，筑起了我心中的青藏高原。

于是，我在心底，用我的心串出了极不完整的"无言的歌"：

黄河之畔，风华少年。怀揣理想，走向青藏高原……

白雪皑皑入云端，衰草连天大草原。雄鹰展翅翔蓝天，今日少年不怕难。

风啸啸，路漫漫。腹中饥，牙残疾。身在高原心更高，道路越险志越坚……

就这样，我们埋头向前走着。我在心里唱着"无言的歌"，玉海也一定在心里唱着他自己的"无言的歌"……

忽然，玉海惊喜地大声对我说："看，秉元快看——牛羊……人家……！"我顺着他手指的方向看去——果然，三五头牦牛，几十只羊；还有用牛粪垒成的不太高的黑褐色院墙，院墙里的烟囱冒出的青烟，在落日余晖的照射下，正在袅袅升起，空气中弥漫着牛羊粪燃烧的特殊的味道。

我们正欣喜地朝那家人走去，突然，"汪，汪——汪汪——汪"的巨大的犬吠声震天动地。

"啊！狮子狗！"我们最害怕的事终于降临了。我俩紧紧地拉着手，等待即将发生的不测。我俩面面相觑，头皮发麻，毛骨悚

然，浑身直打哆嗦。

见我们两个"天外来客"止住了脚步，慢慢往后退却，那只黑色的长着长毛的如狮子般的大狗，发出更大的叫声，那声音震得我们脚下的地面都有动感。

"狮子狗"被一条粗铁链拴着，发疯地叫唤，发疯地想挣脱铁链，一边吼叫，一边用牙咬放在铁链桩旁的一只铁脸盆，还不停地用前爪刨地上的土。

"狮子狗"的吼叫声，铁链和铁脸盆的碰撞声，交织在一起。

我们被吓得几乎要晕过去。

突然，从被"狮子狗"刨起的飞扬的尘土中走出一个中年藏族男子，他看了看我们，对着"狮子狗"说了一句我们听不懂的藏话，"狮子狗"立即停止了吼叫，坐卧在地上，忽闪着两只大耳，嘴巴与鼻孔里冒着"嘘嘘"的热气。

藏族男子走到我们跟前，打量着我们。这时，院子里又走出一位中年妇女，看样子不像是藏族，她向男子问了一声"怎么了"（青海汉族人民土话），然后示意我们进屋。

啊，我们有惊无险，终于松了一口气。

这是一对藏汉夫妇。他们招呼我们放下行囊。屋内炕上放着一张小方桌，炕上铺着羊皮和羊毛毡。他们示意我俩上炕。

玉海很机灵，从口袋中拿出我们在离家前就准备好的烟叶和几张卷烟纸，熟练地卷了一支烟，递到藏族男子手中，掏出火柴给他点烟。

藏族男子"叭叭"地吸着，口中吐出缕缕白烟，屋内弥漫起烟叶燃烧的香味，男子频频点头，并竖起大拇指。

这时，女主人从另一间屋端来几个青稞面馍馍，还提来一只茶壶，在桌上摆开两只碗，倒上壶中的茶水，让我们吃喝；男子也指着桌上的馍馍和茶水，招呼我们。

玉海看了我一眼，我口齿不清地要求他先说换青稞的事。

玉海不仅机灵，口才也极好。他学着用青海土话向女主人简

要清楚地说了我们来青海的意图、高原之夜以及我的牙的事。

女主人很聪慧,完全明白了。她一边招呼我们赶紧吃喝,一边用藏语与丈夫说话。

玉海又看了我一眼。

我说:"吃,喝,吃饱喝好!"

玉海拿起青稞面馍馍,先递给我一个,我掰了一小块塞进嘴里。玉海看我吃了,便开始大口地吃喝了——他知道他要独当一面了!

不一会儿,藏汉夫妇从旁边一间房里抬出一麻袋青稞,还拿来一杆大秤。夫妇二人抬起麻袋称了一下,女主人对玉海说:"一百三十斤。"玉海又看了我一眼,我用手快速地告诉他:倒出烟叶,不用再称,将青稞一分为二,装进我们的麻袋。

这时候,夜幕已完全降临。主人收留我们住下,可我们执意要走。好心的女主人在煤油灯下给我们的干粮袋装满青稞面馍馍,又把我们的葡萄糖瓶灌满茶水。藏族男子架起牛拉板车,点上马灯,把我们送到通往西宁方向的沙土公路上。

我和玉海各自背着六十多斤青稞,沿着河岸边的公路,走走歇歇,实在累得走不动了就稍微睡一小会儿。

第二天太阳升起的时候,我们走到了西宁车站。

新的"上车"的艰难又等待着我们。

……

题外话（二）

从青海第一次背回青稞后，我俩又相约去了一次，但由于多种原因，我们空手而归。

初上青藏高原的八个月以后，母校聘我为初中语文教师。

1977年我考上大学便与玉海道别，他改名"建新"上了高中。在我上大三时，他考入兰州铁道学院（已更名为兰州交通大学）。

就在我当民办教师不久后，我的那颗残疾了的牙，也终于掉落了……

辩证唯物主义之所以伟大，之所以能成为经典理论，在于它揭示了事物的普遍规律和一般规律，即"事物总是一分为二的"，亦即事物的两面性。

因此，"祸兮福兮，福兮祸兮"说，"舍得"说，"得失"说，"否极泰来"说，都是对辩证唯物主义的经典诠释。

也因此，当年我残疾了的那颗牙，不仅使我感叹、感悟，还给我曾经两度"折射"再"反射"，"反射"又"折射"的思绪插上了雄鹰般的翅膀。

这翅膀承载着我的那颗牙，在广袤高峻的青藏高原，掠云川峡，又穿峡掠云，长久地盘旋于青藏高原的上空，也长久地盘旋于我思维的上空……

也还因此，那颗牙因根基松动于青藏高原，所以在它松动的瞬间，它未来的去向似乎已经明确，"动于斯，植于斯，静于斯"，也似乎早已是它冥冥之中的偶然的必然抑或必然的偶然。

那颗牙，自它告别了它的兄弟姐妹，离开了它的兄弟姐妹，

离开它借以存身的我的口腔后,不再有曾经的"残疾",它已得到了永生和永存。

它的根,早已植入了青藏高原,植入了白雪皑皑的日月山。因此,在我心中的青藏高原,那只承载着我的牙的雄鹰的翅膀,扇动得格外有力、沉重而又庄重。

我似乎真的看见,那雄鹰飞向耸入云端的日月山,振翅之间,将那颗牙送入一座座山川相连的一个间隙。那颗牙的牙根正好朝下,直入山峦……

渐渐地,我的思绪,我的思维;我的思绪的思维,我的思维的思绪,也幻化成一只神鹰。因此,我似乎又看见,植入山峦中的那颗牙,逐渐生长,最终定型、定格于我眼中和心中的那座略高于其他山峦的山峦。

啊,我的那颗牙!

我心中的青藏高原!

生长着我的牙的青藏高原!

二〇一八年八月七日至八月十日　写于甘肃·金昌

高原回音

> 宇宙辽阔，邈邈无垠。有形无形，相辅共存。山川相连，天地有声。有声必传，自然之音。
>
> 公元2018年3月17日黄河的一番话语，在天地间回响，被众多的山川或遥闻，或近听。先是被"岷山第一峰"的青城山遥闻，于是，青城山对黄河说了不多的一些话。
>
> 黄河说的话和青城山对黄河说的话，被世界最年轻的高原——青藏高原听得一清二楚、真真切切。于是，青藏高原也说话了……
>
> ——题记

自亚洲喜马拉雅山脉隆起以来，我迄今为止都是世界上海拔最高、最年轻的山峦。人类称我为"青藏高原"——我满意这个名字。一是称为"高"，二是"青藏"不光说准了我所处的地理位置，还显露出我的色彩和内涵。

我自然地发育，自然地生长。

我静静地矗立，静静地注视。

我肃穆地静听，肃穆地思索。

昆仑山、阿尔金山和祁连山是我的左邻右舍，喜马拉雅山和横断山是我的近邻街坊。

我不光发育、生长出很多江河湖泊，还发育、生长出了许多雪山和草原。

我既自然地包容我域内的"万事"，也自然地"化育"我域内的"万物"。我还留意一些既普通又特殊，但有情有义又有心的探访者。

以"幽"而名扬天下的青城山老弟，你好。你对黄河所说的

话我全都听到了。你所提到的那个姓"白"号"雪峰"的人,我早就见过了——他曾先后八次探访我,还对着我说了不少话。先前你委托你的族兄岷山"普查"时,岷山也曾向我打探他。我还嘱咐祁连山转告岷山此人的过去和现在。怎么?祁连山没转告岷山?岷山没告诉你?

噢,我想起来了:前些年甘肃那个地方的人在祁连山开矿,乱采滥挖,伤害了祁连山,它还在生气呢!或许因此,它无心于传话这等小事。

那好,我给你说说他……

在说此人之前,先就你说的几句话,我想与你商榷一下——

你说黄河"曲折穿引",你"屹然不动";黄河"健行",你"幽静";黄河"咆哮",你"不语"……这些都没错。但你又说黄河"以'动'求'静'",而你"以'静'止'动'",这就值得商榷了——"动"何以要"止"?又何以能"止"呢?宇宙的演进、地壳运动、造山运动、日出月落、斗转星移以及风云雷电、风霜雨雪,还有万事万物的生死存亡……这一切,能"止"且能"止住"吗?

再说说你对黄河说此人"也有些灵性"。没错,但我要加以补充——他富有灵性,并且聪慧。

人们赞美你"天下幽",他则说:"'幽'则'灵','灵'则'敏'。"

天下的人们纷纷"问道青城山",他则说:"问道青城山不语。"

好一个"'幽'则'灵','灵'则'敏'"!

好一个"山不语"!

是的,青城老弟,确如你对黄河所说,"他从高处而来";也确如你所说,你"青"他"白",与你"一南一北""遥遥相望""白雪应青峰"。

我要说的是,他"望"中有思,思有所得;要不,他怎会能悟出"问道青城山不语"呢?所以我说他富有灵性,并且聪慧。

我还要说,此人虽然普普通通,但有情有义更有心——因此,我留意他。他近日就在祁连山北麓。

想必你也知道,现在人间有一种叫"网络"的东西——他们利用它,无论身在何方,只要手中有个叫"手机"的小玩意儿,就能互通信息,就能传递声音。

就在前几天,他在给他在蜀地的家人发短信、发微信、打电话时,信息被我接收到,声音被我听到——

他说,他已与我结拜为兄弟,我是他大哥。哈哈!无独有偶,他女儿听闻后,高兴地说,我是她大伯。真是有其父必有其女。不仅如此,他还对他的女儿说,他夫人是我的弟妹。哈哈哈!这当然都顺理成章。

哦,对了,青城老弟,你对黄河说,此人说他与你"早有约",不知你们之间"何约之有"?因何而"约"?这些问题以后再说。

青城老弟,你在对黄河说的话中提到,你要"且看他,还想干啥,还会说啥",那你就等着、听着吧。你还说"此人既已听到"黄河的"心声","想必也已闻及"你的"低语",那他也一定听到了我刚才对你说的话。

好了,青城老弟,你看,又一群向你"问道"的人来了,你先去迎接。现在,我要对拜我为兄长的这位雪峰小弟说说话了……

雪峰小弟,今天我很开心,很得意,也很欣慰。自我包容万事、化育万物以来,你是人间第一个如此亲近我,如此崇敬我,又如此虔诚地拜我为兄长的人。其实,在你拜我为大哥之前,我

33

就看见了你，也想认你做小弟——这样，我们倒不谋而合了！

我看得真真切切，自从那年你第一次探访我，45年来，不光是你的足迹，还有你的心迹，都一并存留在了青藏高原。

20世纪70年代的头几年，甘肃农村因"背青稞"而踏上青藏高原的人不少，而你是唯一一个除了身背麻袋、手提干粮袋外，还怀揣《唐代三大诗人诗选》、笔记本和钢笔的人——从那时起，我就看好了你，所以我说那是你第一次探访我。

是的，我早就看见，在你十六七岁时的一个初春的夜晚，你在出生你的黄土高原的一条小河边，手举一只白色的搪瓷小茶缸，对着天空的月亮，闪亮的目光投向我所在的西南方，朗朗地吟诵唐代诗人李白的《月下独酌》，然后又把一枝柳条别进腰间，大声地吟诵李白的"天生我材必有用……"。那心胸与气度，一点也不亚于李白——那时，也就是在那时，我开始留意你，也开始关注你。

当年你和你的小伙伴夜宿高原，在那个叫海晏的小车站的货车厢里的情景，我看得一清二楚。午夜时分的狂风，那是我派去的信使。

是的，在那个夜晚，你"逃亡"的心折射出无数的光束，那光束在黑暗的夜空，四散，聚集，又聚集，又四散。那光束射向我，又折向你的心怀，使我分明看见了你怀揣的《唐代三大诗人诗选》、笔记本和钢笔——因此，我赶紧派风为信使，去看望你……

信使回来向我禀报，说你被饿坏了、渴坏了，更被冻坏了。

我一边听信使的禀报，一边听你心底的歌——"雪皑皑，野茫茫。高原寒，炊断粮。"

你的那颗被损伤了的牙，我更知道。

当时，你不停地一口口地往地上吐出的殷红的血水，我不光看得分明，我还吸纳了它。

你悟出的"动于斯，植于斯，静于斯"，更有你定号"雪峰"

的那特定的情景，使我更加留意你了……

雪峰小弟，自那时起，我不光留意你，关注你，还一直为你担忧。因为你曾经一度忧郁、狂躁。

如今，你已长大成人，更加富有灵性，更加聪慧，所以，我不再为你担忧。

特别是你于祁连山北麓悟出的"人"与其他动物最大的相同与最大的不同，与我早已看清的，完全一致——真是"'山''人'所见相同"。不仅如此，你还声言，你不但要像动物们那样想方设法地"动"着活，还要像动物们那样"静止"地活呢。对于这一点，我更加赞同，也更加赏识。所以，我在前面说，与你结拜为兄弟，我很开心、很得意、很欣慰。在此，我还要补上一句，我很自豪——这才是"人与自然"，这才是"天人合一"……

诚然，探访过我的人很多，跋涉过我肌肤的也不少。但大都要么是匆匆过客，要么叫嚷什么要"征服"我——对此，我不屑一顾。

而你却不同，你与他们不同。他们或"望而生畏"，或"此'征'彼'服'"。你是"望而生畏，思而有得"。因此，当你跋涉过我的肌肤时，我觉得很亲近，也很温暖。也因此，我对你刮目相看！

我静静地矗立，静静地注视，对于我目之所及的一切万事万物，包之容之。

我在自然地发育、自然地生长过程中，在静静地矗立、静静地注视的同时，也静静地侧耳静听，对此，我还是包而容之，还是育而化之。当然，大千世界无奇不有，对于一些不受包容、冥顽不化的，我也只能视而不见、听之任之而顺其自然了。我也是大自然中的一员，我相信，我无能为力的，大自然定会能而为之。

……

雪峰小弟，前面说，我不光发育、生长出很多江河湖泊，还

生长、发育出了许多雪山和草原。你是我在人间结识的第一个有血有肉、有情有义且有心的兄弟和朋友。

我们的结拜与结识,是冥冥之中的缘分,是偶然中的必然,也是必然中的偶然。

是的,我是山,是一座座山川相连的山。

然而,我不仅仅是山,也不仅仅是一座座山川相连的山。和你一样,我也有血有肉,也有情有义,还有心——岩石土壤是我的肉体,江河湖泊是我的血脉,树木花草是我的毛发……

我肃穆地静听,庄严地思索……

与你一样,我也有我心底的"无言的歌",还有着绵绵的企盼。

与你结拜结识,我的歌有了知音,我的企盼得到了回报。我们这一对"山人",才是"人与自然",才是"天人合一"。

雪峰小弟,我留意、关注你很长时间了。既然我们业已结识结拜,既然我的血液已流入你的心田,你的血也浸入我的体内,那么,我们自然就融为一体了。因此,我要对你初敞心扉……

你听到的风声,只要是来自西南方向,那都是我发出的声音。我想你一定早就从风声的高低起伏、时紧时慢中听出了点什么……

来自天际从你头顶掠过的雷声里,也有一些是我的声音。

我看见,无论你身处西北还是西南,特别是你身居祁连山北麓的时候,只要风声一起,你都仰望西南方向,将深邃又多情的目光投向我,时而闭目沉思,时而目光闪闪——这是我们心灵沟通了,我们神遇暗合而和光同尘了。

最近,我也不太安然。前几天,黄河说完那番话后,长江直接来找我,说它因血管多处遭拦截而动脉硬化,从而导致血液污染而引起肺部感染。我安慰长江说,最近我也不时地觉得胸闷气短,还偶尔咳嗽呢!

此前，雪山和草原也来找我。雪山说，因全球气温升高过快，与冰川的身体逐渐缩小。草原说，人们肆意践踏，滥挖虫草，使他千孔百疮。

……

我答应了黄河、长江，也答应了雪山和草原，让他们与我一起暂且忍耐，在适当的时候，我们聚齐了开个会。顺便说一下，雪峰小弟，我是因早就看好了你当年怀揣的那支笔而看好了你，因而留意你、关注你，也因而才与你结拜又结识——到时候，我一定请你列席我们的会议，用你的笔帮我们记录一下……

噢，我想起来了。雪峰小弟，当年你因牙齿受损而吐出的一口口血水，浸入青藏高原被我吸纳后，它已溶入地表下的溪流。几年后，它又从地下涌出……日积月累，在太阳的照射下蒸腾，升腾……几十年过去了，它已融入日月山，幻化成一座座山川相连的群峰之间的一座正在生长着的山峦……

　　　　　　二〇一八年八月十二日至十四日　写于甘肃·金昌

致青藏高原

青藏大哥：

你好！首先，我代表我的身心，我的五脏六腑，我的四肢，还有我的七窍和三魂七魄及我全身的千千万万个毛孔，向你致敬！代表我的妻女——也就是你的弟妹和侄女，向你问好鞠躬！

45年前，当我与你的肌肤第一次亲密接触后，我就面红耳赤、心跳加速，因你博大的胸怀而沉迷，因你的辽阔深邃而惊叹，因你的庄严肃穆而哑然无语。你也许不知道，当时我还怀揣着一颗滚烫而又忐忑的心，担心你是否欢迎我，是否接纳我——事实证明，你不仅接纳了我，还深情地吸纳了我如杜鹃啼血般一口口吐出的殷红的血，继而包容、化育。从那时起，我原本有限的心胸，朝着广阔的轨迹，逐渐展延，尚不规则的思绪和情绪，也慢慢地开始了阶梯式的衍延……

是的，正如你所言，在当年众多的背粮者中，我是有些与众不同——他们都说"上青海背粮"，我在心里说"走进青藏高原"。从那时起，我多次试着走近你，进而走进你。后来，我在黄土高原的黄河之畔，读完了大学。走出校门不久，我就想方设法地走向你的域内——甘南高原。那年我28岁，便开始了心灵跋涉。

当年我因在你圣洁的肌肤上不得已吐了一口口的血水而在心里长久的自责、内疚，为亵渎、污染了你的圣洁而惴惴不安！我做梦都没想到，你不但没有责罚我，还热情地包容了我，特别是还吸纳了我吐出的殷红的血水，并一路引领，亲自把它托付给日月山。对此，我永远感念，永远铭于心间！

不久，我离开了甘南，来到你的近邻——祁连山北麓，也成了你的近邻。从此，我便对你一直心驰神往。

每当风从西南方吹来，我都痴痴地想：这该不会是青藏高原在呼唤我吧？同时，我的目光穿越祁连山。接着我又闭目遐想，用心遥望你，遥望那一座座山，一座座山川，一座座山川相连的青藏高原……

每当看到或想到长江、黄河，也遥想起你，我又痴痴地在心里想：那可是青藏高原的"无言的歌"？

每当看见蓝天上飘来的一朵朵或一片片白云，我都痴痴地想：那可是青藏高原派来的使者？我怎样才能乘坐一朵或一片白云，飞飘到你的怀中？

这样，也因为这样，我在心里唱出：

高山行云舞婆娑，小溪流水唱清歌。

青藏大哥，诚如你所言，我"望而有思，思有所得"。就这样，我遥望着、眷恋着，也遐想着、沉思着，在祁连山北麓度过了而立之年与不惑之年。

谢谢你！谢谢你延展了我的心胸！谢谢你衍延了我的思绪和情绪！

同时，我还要禀告你，自20世纪末叶中国大地上响起那首《青藏高原》后，我就把此曲列入我的二胡演奏曲目。每次演奏，都是我在深情地用我的琴声，向你送去我的心曲。对于这一点，我确信你早已听闻并且知晓……

由于想方设法，又魂牵梦绕地走近你，我于知天命之年的前一年，去了一个离你最近、山川相连又有青山绿水的地方——四川，真正地成了你的近邻。我还在我居室的墙上写下了：

胸中有丘壑，笔下起风云。

耳顺之年，我从四川北上，返回祁连山北麓小憩，独处静

思。本来是北方秋高气爽的季节，早晨朝霞满天，傍晚落日熔金又晚霞满天，日间或夜里时有风声从你所在的西南方吹来。每当此时，我都起身，翘首南望。我分明看见，你向我频频招手，向我颔首微笑……遐想中，我不能自已地给在蜀中的妻女报喜："我有大哥了！哈哈！我有大哥了……"女儿惊问："啊！谁？"我不假思索庄严地说出了你的大名。妻女自然为我祝贺，为我高兴。

可是，"乐定思乐"之后，我又自感惊魂不定，自觉又一次轻慢、亵渎了你……

然而，我怎么也没想到，正如你送来的风声传入我的耳朵一样，你对青城山说我与你已结拜为兄弟，那话也传入我的耳朵，传入我的心间。谢谢你，青藏大哥，谢谢你不以我身微而漠视，谢谢你不因我言微而斥闻。谢谢你以你博大的情怀，收容了我这个人间游子和我长期游荡的心！

来，青藏大哥，让我们共祝我们"山人"组合，共祝我们"天人合一"。

青藏大哥，小弟遵命：等你召集长江、黄河、雪山、草原开会的时候，我一定带笔前来列席并记录……

青藏大哥，书不尽言，好在日月常在，来日方长，首次致书，烦你过目并赐教！

扎西德勒！

敬礼

小弟：雪峰
二〇一八年八月十四日下午至十五日凌晨　与于祁连山北麓

雪牙[1]的问候

亲爱的主人,你好!首先祝贺你与青藏高原结拜为兄弟并结识为挚友。我因此为你高兴、自豪并自慰。我多年的惦念和由惦念滋生的牵挂与企盼,终于有了一个合情合理又浑然天成的归宿,同时我又遐想起我的前世与今生……

我在你的口腔也即我的母体内生长了十八年,和我众多的兄弟姐妹一起,咀嚼了人间的酸甜苦辣,也在你的引领下初步品味了文学海洋里的多种美味,看见了山川溪流间的多种景观还有天地间的五彩斑斓。我和我的兄弟姐妹们,因作为你的牙而自豪,更感恩你为我们提供的借以托生、托身及无限展延的空间……

我的主人,谢谢你,谢谢你带我走出黄土高原,谢谢你引我走进青藏高原。自那年我们暂时分别后,我满眼都是白云蓝天、雪山草原、江河湖泊,还有翱翔于云天的雄鹰、因草原风吹拂而忽隐忽现的牛羊和袅袅的炊烟,更有飘动着的经幡。

诚然,当年高原之夜的情景,我和我的兄弟姐妹们因忍受不了寒冷而"咯咯"的哀叹,至今我记忆犹新。特别是我因根部松动摇摇欲坠而自生的自怜惆怅,我更是刻骨铭心。你一口接一口地吐出的殷红的血水,那是我的精魂。我灵魂出"腔"的瞬间,我孤独、悲怆、战栗而茫然……

然而,就在那个瞬间,青藏高原吸纳了我,并一边抚慰,一边引领我顺着一条小河,一会儿东流西折,一会儿南回北溯……

我忐忑地问:"你要把我领到哪里?交给谁?……慢些,还有我的主人……"

青藏高原轻声地说:"别怕,我要把你委托给日月山……别

---

[1] 雪牙:咬牛骨头断了半截的牙齿

41

担心，不久的将来，你的主人就要和我们在一起了……"听了此言，我的心不再惴惴不安。

我们一路翻山、越岭、穿峡，东归西折，南回北溯，到了白雪皑皑的日月山。

青藏高原把我托付给日月山，并再三叮咛日月山关照我。由于我的本姓本色与日月山的洁白浑然天成，于是，我很快成为这庞大家族的一员，也自然得到了日月山格外的无微不至的关照。

由于我是山外来客，除格外的无微不至的关照外，我还受到了别样的重视与偏爱——一次，我听见日月山对连绵的雪山们说，我来自人间，又伶牙俐齿，日后定有用文之地。日月山还说，将来人与自然通话、对话的时候，我不可缺少。从那以后，青藏高原与日月山就开始教我学习大自然的语言。目前，我就读于"大自然学堂青藏高原学院自然之声专业本科三年级"。日月山说，学堂已拟定让我硕博连读呢！

噢！主人，你还记得你口腔中下门牙最中间那颗牙的形状吗？你快看：日月山连绵不断的雪山群峰中，最中间的那座形似牙状的山峦——那就是我。

是的，那就是我……

主人，一会儿我就要去上课了，可不能迟到，更不能缺课——今天，学堂的校长青藏高原要远距离视频授课，学堂已在一周前通知所有山川、草原、河流。

我的主人，几十年来，尽管我知道你的一切情况，但总是少不了惦念、牵挂和眷恋。

你别来无恙？你一切安好？主母和小侄女可都好？请你一定抽时间告诉我！

谢谢你，主人，再见！

二〇一八年八月十六日　写于祁连山北麓

致雪牙

雪牙：

你好！首先感谢你长久以来对我的惦念、牵挂和眷恋，感谢你对我及对你的主母与侄女的深情的问候；感谢你如《西游记》中唐僧西天取经一般，以先驱者的身份和精神，以你的涅槃，为我们探明了通往深邃神秘而又广袤博大、透迤延绵而又崇高庄严的青藏高原这天堂般殿堂的心灵跋涉路线图。

闻听你来自日月山、穿越祁连山的深切问候，得知我的青藏大哥对你的吸纳、引领，特别是你受到格外的关照和偏爱，我心安然了，我被感动了，上天也被感动了。祁连山北麓下起了缠绵淅沥的小雨，我的心也渐湿了……

正如你融入日月山一样，我也与青藏高原结拜为兄弟并结识为挚友了！来，让我们举杯，共祝我们的心灵、我们的精魂追寻到了理想的永久归宿！这就是当初青藏高原在引领你时说的："别担心，不久的将来，你的主人就要和我们在一起了……"

也正如日月山所说，"将来人与自然通话、对话的时候"，你"不可缺少"一样，青藏高原已预约我，等它召集长江、黄河、雪山、草原开会的时候，请我列席参加，并带上我的笔做记录。看来，我们的用文之日为期不再遥远了。

得知你愉快而又勤奋地就读于"大自然学堂青藏高原学院自然之声专业"，我格外高兴，并为你点赞、为你加油！

我与青藏高原的"山人"组合，你与日月山的山川相连——这是人与自然的和谐，是"天人合一"的超然，真可谓"和者，谐也"，"超者，越也"……

雪牙，既然我们来到了地球上。既然我们融入了青藏高原的

山川，我们就要不虚此行，就要不虚此生！

曾几何时，我们有着共同的"咀嚼"，共同的"品味"与"领略"；如今，我们又共享着"山人"组合与"山山相连"的怡然。

当初，我们初上青藏高原，共同度过了一个不平凡的高原之夜……

再回首，当年，我，还有你和你的兄弟姐妹们因实在忍受不了寒冷而"咯咯"哀叹。特别是你灵魂出"腔"的瞬间，你孤独、悲怆、战栗而茫然。我显然"静言思之，躬自悼矣"，但我坚信"心是不会残疾的"，我更确信，形散神不散，神在心就在……

我们不仅很年轻，而且还都很小。我们只有不忘初心，才能更加康健地成长。

看，高原上群峰傲然耸立，草原上百花盛开、牛羊成群，河水在欢快地歌唱，百鸟自由地飞翔，蓝天上白云朵朵，远处炊烟袅袅，天边落日熔金……明天更是霞光万丈，雄鹰展翅飞翔——风光无限，我们的歌不断……

雪牙，我近日因特殊任务暂憩于祁连山北麓。你的主母也身心健康。你的侄女志存高远，正在发奋努力。谢谢你对她们的牵挂和问候。前年我们一起去若尔盖、甘孜、松潘，我遥指你所处的方向，特意给她们讲述唐代文成公主与日月山的故事，也提及了你的过去。请相信，将来你们一定会一见如故的！

祝你和青藏高原安康！扎西德勒！

雪峰
二〇一八年八月二十六日夜　写于祁连山北麓

心语——求教唐代韩愈

先生有文名《师说》,晚生于三十六年前熟读成诵,且常以此文自劝自勉,或说他人。

……

文章篇首开宗明义:"师者,所以传道授业解惑也。"

"传道,授业,解惑",虽六字,然字字千钧,矗立千秋。能具备此六字之育人侪辈者,稀之又稀;能践行者尤罕之又罕。

吾尝窃思,己有"惑"岂能为他人"解惑"?

度而立之年,越不惑之秋。跨天命之岁"惑"犹存焉,然吾继以为人之师。

噫!雪峰,"惑"之又"惑",长"惑"之,或可"豁"也。

二〇一九年三月九日傍晚　写于成都

第二辑

雪峰诗歌

自题《雪峰白瑞诗文集》

父女自为一家亲,
更是书写同路人。
子承父业书汉字,
父担诗文写人生。
雪峰逍遥赋山河,
白瑞偷闲歌蹉跎。
思绪飞出《诗文集》,
神驰心骋悬日月。

自由诗·方式

一

用沉闷的心
借来生与死搏击的混合力
堵塞我这座平凡的山的岩浆爆破口
任燃烧着火焰的岩浆在山体内左奔右突
哪怕它山体滑坡
更渴望山体崩裂

从堆满折戟的历史的沉沙中
顺手捡一把剑
斩断缠绵的琴弦
嘣的一声

任丝弦在风中摇曳
远观琴身斜卧于驿外断桥边
欣赏生命的血的流淌

山体虽然崩裂
但精魂犹存
风中摇曳的琴弦
那是一首浑然天成的歌
流淌着血的生命
更是旋律的张扬

心当然在颤动
那么
向生活的调味师借来一把盐
在那桃形的灵物上
横竖撒上一些
为的是瞬间烧灼的痛
这岂不是更好的感觉

一九九九年四月七日　写于甘肃·金川

二

被撒上盐的桃形灵物
昏然睡去
一连好几个昼夜
……

物极必反
否极泰来

沉闷的心
苏醒过来了
奇迹出现了
心不但未留下伤痕
而且
跳动得更加有力了

苏醒后的心
突然想到
他有万分重要的事要做

他身挎宝剑
去到驿外断桥边
斜卧于断桥边的琴身
好像还未醒过来
丝弦仍在风中摇曳

这时
原本沉闷的心
已嬗变成一颗
激荡飞越的心了

他疾步上前
轻轻扶起斜卧着的琴身
爱怜地拭去
琴身上的尘埃

他又重新装好琴弦
接着

他身背从堆满折戟的历史的沉沙中
顺手捡来的宝剑
携着完好如初的琴
回到了左奔右突的
原先
……

心嬗变了
琴身新生了
琴弦也新生了

琴弦依旧缠绵
但多了些许激越
琴身依然笔直光亮
但"共鸣"更加响亮
……

三

"心""琴"问答

琴问道——
心,我的主人呀
先前你为何那样
断然又绝情地
斩断我的缠绵呢
心不语
只是接连吟诵了几句前人的诗——
问沧波无语
华发奈青山

琴听后似懂非懂
又接着问——
你为何又将我扶起呢

心仍不语
又吟诵了几句诗——
唯有长江水
无语东流
……
便纵有千种风情
更与何人说

琴还未全懂
又接着问——
先前你因何沉闷呢
心还是不语
继续吟诵起来——
波心荡冷月无声
……
花如能言也多事
石不能言最可人

琴终于明白了——
哦,你是被时下人们的口号
搅烦了
人们争先恐后地喧嚣
奔向21世纪
跨入新世纪……
听到琴如此说

心一下子激荡起来
　　于是
一把将琴揽入怀中
　　不停地抚摸
　狂热地轻吻……
　被心缠绵地抚摩
　狂热地亲吻后的琴
　回归到原先的依恋
　　和缠绵

得到琴的理解的心
　跳动得更加有力
　　　均匀
　　　……
琴呓呓地问——
20 世纪即将完结
新世纪也很快到来
我们该当如何呢

心一边继续抚摩琴
一边仍不停地亲吻
　　喃喃地说
　　你以为呢

　琴接着问——
我们究竟该怎样
　走向新世纪呢

心不假思索地答

《步步高》
《光明行》
……

新世纪如期而至
太阳依旧
月亮依旧
山川也依旧
江河还依旧

心与琴
却重生了
开始了新生——
和谐
共鸣
是他们
涅槃后的
重生
……

二〇一八年四月八日夜　写于甘肃·金川

致匡文留

中华有才女，
姓匡名文留。
生长黄河畔，
足迹遍陇原。

潇洒吟风流，
逍遥文坛走。
诗名震陇原，
华章漫灿烂。
北京有文留，
陇原诗名播。
祁连雪峰望，
京都妙华章。
风姿艳金秋，
诗名文坛留。

二〇一八年九月十五日

书　　怀

神驰情骋思飞跃，
胸中荡起千层浪。
心曲高扬笔飞旋，
目穿祁连望青藏。

二〇一八年九月十五日晨　写于金川公园丹霞湖畔

戊戌中秋忆胞姐

丙申中秋噩耗传，
胞姊病危旦夕间。
我自蜀中返陇原，

心急如焚情黯然。
监护病房隔如天，
不见亲人自嗟叹。
世上岂有回天力，
吾姐撒手别人寰。
痛哉哀哉泪满面，
失却心头肉一片。
吾姐姓白名清元，
作姐似母恩如天。
居世六十有四年，
恩降家族大无边。
年年中秋天上月，
岁岁思念无断绝。
清元秉元失一阙，
独留雪峰空嗟叹。

二〇一八年九月十六日晨

读根存《望将军山》

《望将军山》
根存
掀帘再看将军山[1]，雾蒸云开见真颜。
嵯峨苍穹犹披甲，扫进凡间腐和贪。
为政清廉心胸坦，杜君凝望将军山。
山峰有魂卧安然，根存擎笔蔑腐贪。

---

[1] 将军山：兰州皋兰山脉一山名

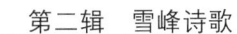

先士后仕终归士，丹心一片泽黎元。

将军峰，当周山；金城关，大草原；有根存，文采见。根基深，视野宽；天蓝蓝，雄鹰健；草碧绿，白云端。擎巨笔，诗文展。唱大地，吟山川；人生路，足力健；向天穹，赋诗篇……

赞 曰

雪峰赋诗三字经，
唤醒红楼梦中人。
人间七情六欲心，
须臾幻灭俱虚空。
苦心经营劳身心，
岂若胸纳山河情。

二〇一八年九月十六日

抒 怀

焉支南延祁连山，
文不加点山侧卧。
静观山川驰神思，
动笔书写好山河。

二〇一八年九月十六日

戈壁秋色写意

焉支山头云蒸腾,
祁连一脉莽苍苍。
沙海静谧染秋色,
戈壁细雨雾茫茫。
一年一度风景异,
大漠秋色胜春光。

二〇一八年九月十七日晨

戊戌秋日与妻茶话

我在戈壁久滞留,
妻自蜀地来探看。
背囊携琴步匆匆,
凝目静测情无限。
进门除尘又洗濯,
低语嘘寒又问暖。
我言身心俱安康,
终日赋诗述文忙。
忆及当年初相逢,
两介寒士话人生。
不图名利与富贵,
唯求相知结同心。
而今家业宏图展,

春秋三十六峥嵘。
粗茶啜得岁月歌，
淡饭养出健体格。
莫道世事多风云，
与君怡然相扶携。

二〇一八年九月十九日晨

五言诗·心言（二首）
——致ABC学院F先生

其一

我自西北来，
蜀都遇知音。
片言相询问，
尽在不言中。

二〇〇六年六月十二日夜

其二

书山本无路，
艺海更无涯。
性术当双修，
磨砺自成家。

二〇〇六年六月十三日晨

五言诗·心语（二首）

——忆成都旅游商务学院 W 先生

其一

我自西北来，
情归芙蓉城。
相逢更相知，
宿缘追前生。
劝君莫恨晚，
愿与尔同行。
从容度春秋，
日月共做证。

二〇〇六年六月十五日晨

其二

倩影随我身，
挚爱存我心。
莫道百花艳，
笑靥更灿烂。
双眸似清泉，
风姿亦俏然。
天上风追云，
人间情共珍。

二〇〇六年六月二十三日

新诗三首·心语

六月的盆地
像一个巨大的蒸笼
热浪滚滚
喧嚣出一种声音
——烦闷

人们在无奈中
疲倦地睡去
一场夜雨
淹没了连日的燥热
天亮了
空气也凉爽了
雨
依然淅淅沥沥

我独自撑起雨伞
独自向雨中走去
清爽，惬意
噼里啪啦的雨滴
飘打在雨伞上
仿佛一首美妙的乐曲
就在我忘情地陶醉其中时
你悄然来到伞下
我将你揽入怀中

思绪中亮起一道风景
——心雨

二〇〇六年六月二十八日

穿上它

——与F先生谈衣着

火热的七月
我们穿着一样的衣服
对面而坐
谈天说地
你说——
我愿意穿它
因为我穿着我自己
也穿着五月花

我说——
我也喜欢穿它
因为我把它视作战袍
穿上它
是因为
我要横刀立马

啊
我们虽然初识
但早已一见如故

既然如此加这般
那就让我们共同珍爱它
——我们心中的五月花

二〇〇六年七月七日

穿着它
——与ABC学院谢明先生交心

刚欣赏过一颗新星
又深情邀来另一颗新星
胡乱说东道西

你说——
我没穿着它
话音木落
你用灵巧的手指
随意地撩起裤脚
——你看我浑身的痱子

我心疼了
赶紧说
——不，兄弟
你一直在心里穿着它

二〇〇六年七月七日

五言诗·无题

风雨平乍起
雷电更交加
孤身会天意
教我试人心
激情烈如火
雨打衣襟湿
悲壮独奔突
不负男儿身

二〇〇六年七月八日凌晨

关于"工牌"的歌

我曾服务于成都"新思维学校"。该校要求全体员工上班必须佩戴工作牌。

——题记

像所有的同类一样
在地球上行走
在人群中穿梭
在山水间徜徉
在公交站台候车
……
人们从未像现在如此关注我

男女老少视线的聚焦

使我不得不反观自照——
我
还是原来的我
我的穿着
依旧是原来的穿着

那么
究竟因何
我这样吸引人们的眼球
我开始了观察和思索……

很快
我找到了答案
原来
我的胸前
多了一块小小的"工牌"

哦
小小的"工牌"
你改变了
更丰富了
我的社会角色
也告诉了我
很多
很多

我的新思维
新思维的我

二〇〇七年十月九日

"工作餐"之歌

竞争的年代
火热的生活
"工作餐"这一专门用语
早已写进了《中华大词典》

"新思维"团队的战士
遍布蓉城的东南西北
日落而息
日出而作

微笑
是我们行进的鼓点
电话铃
是我们进军的号角

"盒饭"
合出了合作
合出了合力
更合出了和谐

战士们
品尝大家庭的快乐
年轻的李老板
悠闲地从嫩黄的玉米棒中
咀嚼中国教育品牌的思索

二〇〇七年十月十九日

七绝·石人鸟

群鸟竞喉鼓噪聒,磐石不语观水波。
白首痴人湖畔行,步踏歌阕吟和谐。

  二〇一九年五月二十日晨 浣花溪沧浪湖畔

五绝·竹林独坐

独坐万竹丛,凝神思若何。
翘首望碧叶,沉心数竹节。

二〇一九年五月二十日晨 浣花溪公园万竹山

五绝·咏青羊宫

青羊三千载,《老子》五千言。
道生一二三,自然法混元。

  二〇一九年五月二十一日晨 成都·青羊宫

五绝·茅屋小憩

小憩茅草屋,静读秋风篇。

广厦千万间，何似恬自然。

二〇一九年五月二十三日晨　杜甫草堂

七言排律·己亥五月初五颂屈原

高阳苗裔禀天命，后皇嘉树生南国。
苏世独立鄙周容，横而不流志高洁。
兴邦强国忧思多，鸡鹜群中筹求索。
忠而被谤志难酬，信而见疑遭贬谪。
远离庙堂吟湖畔，临水望山长叹嗟。
闭心自慎终好修，绿叶素荣不改色。
质本洁来还本去，忠魂诗情汇汨罗。
江水悠悠流千载，万古重五垂诗节。

二〇一九年六月七日晨　成都·雪峰诗斋

临梅即兴

又是一年红梅开，白首士子陇上来。
草堂诗传千古情，花溪韵流云天外。

二〇二〇年一月十三日晨　吟于成都·杜甫草堂

咏梅花玉兰

腊梅欲退留余香，红梅笑开迎新春。
绿叶丛中白玉兰，闲观日月绽素容。

二〇二〇年一月二十三日晨　吟于成都·杜甫草堂

七绝·庚子仲春感怀

　　户外春光正烂漫
　　室内宅人心茫然
　　惯看云天六十载
　　始觉身不由己难

二〇二〇年三月二日晨　吟于成都·雪峰诗斋

七律·庚子年惊蛰日述怀

蛰居盈月又半旬，出户重涉浣花地。
沧浪湖面白鹭飞，草堂闭门游人稀。
花草宅人两寂寞，溪畔春柳吐绿丝。
流水脉脉似有情，人与自然共相宜。

二〇二〇年三月五日　吟于成都·浣花溪公园

七律·无题

桃红柳绿沧浪湖,白鹭静立游人稀。
鸟雀啾啾鸣竹林,波光潋滟青草碧。
春光不因疫惨淡,自然人类两相知。
待到摘去口罩时,临风湖畔赋小诗。

二〇二〇年三月十五日晨　吟于成都·浣花溪沧浪湖畔

七绝·沧浪湖畔即景偶得

沧浪烟雨情蒙蒙,浣花流韵意悠长。
习习春风荡湖面,水鸭竞鸣振翅忙。

二〇二〇年三月十七日晨　吟于成都·浣花溪公园沧浪湖畔

七绝·过社林茅店

茅店社林还依旧,千诗碑树浣花溪。
我思诗圣望项背,忽见天边云飘移。

二〇二〇年三月十九日晨　吟于成都·浣花溪

七绝·咏古百花潭

岷江湍湍润沃野,走马河流龙爪堰。
滩浅水急涌浪花,翻卷天然百花潭。

　　　二〇二〇年三月二十日晨　吟于成都·古百花潭

七绝·过浣花桥偶得

春色不负浣花女,百花钟情织锦娘。
河畔芙蓉吐新绿,曙光照水波荡漾。

　　　二〇二〇年三月二十一日晨　吟于浣花溪

七律·春夜听雨

夜色阑珊万籁静,窗外雨声入梦来。
甘霖如酥润万物,露珠落叶沁心怀。
我欲因之梦琼阁,心生双翼飞天外。
穿云破雾旋九天,诗意远方邈洞开。

　　　二〇二〇年三月二十二日晨　吟于成都·雪峰诗斋

七绝·溪畔行吟

轩含翠竹溪流春,亭纳绿意听水声。
痴子健行步移景,身沐朝晖心生情。

　　　　二〇二〇年三月二十三日晨　吟于成都·浣花溪

沧浪湖闲吟

沧浪湖岸蓑笠翁,孤舟独待陇上人。
身倚草堂诗圣地,目驰涟漪观空蒙。

二〇二〇年三月二十三日晨　成都·浣花溪沧浪湖畔

七绝·水木吟

溪水碧绿流潺潺,林木参差叠交翠。
春风习习拂心扉,踏歌极目吟葳蕤。

　　　　二〇二〇年三月二十四日晨　吟于成都·浣花溪

七绝·和文留《千里明前春满盈》诗

草木人合春景明,遥寄香茗品诗情。

京都蓉城两相连，竹叶青青泛玉樽。

二〇二〇年三月二十五日　吟于成都·雪峰诗斋

七绝·蓉城雨霁

一夜春雨润天府，雨霁云开喧鸟语。
朝晖万道照清江，树披翠绿花凝露。

二〇二〇年三月三十一日晨　吟于成都·浣花溪

七绝·贺匡文留抗疫诗入典

江城疫情心底忧，万民疾苦笔下留。
华章含情入典籍，才女翘楚巾帼秀。

二〇二〇年四月九日晨　吟于成都·雪峰诗斋

自由诗·母校，我回来了

母校
我来了

心囊里包裹着
教育理念的思索

我回来了
母校

校园之歌从心底飞出
身后是一串串前行的脚印

礼顶闪光的校徽
怀揣"树人立德"

手捧从教的总结
铭记着师长的嘱托

母校
我回来了

永远珍藏着入学通知
再一次登记注册

我是您万千孩子中的一个
黄河浪花的一朵

……

二〇二一年九月十三日晨

自由诗·云雀在歌唱

秋高气爽的季节

一只云雀在歌唱

歌唱大地的丰收
歌唱生命的喜悦

雀声婉转
它独唱着自己的歌
抑扬顿挫
不顾及鸟类的鸣和

云雀歌唱自己
自己与自己唱和

歌声回荡山谷
绚烂的秋色染遍了原野

远方的一个人
静听着云雀的歌唱

那人在鸟歌里
游离着他的思索

云雀在歌唱
他痴痴地望着天上的云朵

格桑花在摇曳
雄鹰从蓝天飞过

云雀在歌唱

他咀嚼着鸟歌
把生命琢磨
……

二〇二一年九月十四日

七绝·诗乐轻骑天府行（一）

诗乐轻骑驰三环，骋目远眺向云天。
怡心湖畔凝元神，剑南大道赋新篇。

二〇二一年九月十九日　成都·雪峰诗斋

七绝·沧浪湖行吟

草堂寺中常走客，浣花溪畔久行人。
身携陇风拂晨曦，心纳蜀韵吟世情。

二〇二一年九月廿一日　成都·雪峰诗斋

七绝·云中的白马青骡

锦城九月芙蓉开，白马青骡云中来，
陇人举杯叙契阔，蜀士品茗话情怀。

二〇二一年九月二十三日晨　成都·雪峰诗斋

永远的亲情，永远的缅怀

> 扶植后学，先生之德。
> 一代宗师，桃李讴歌。
> 诗书并峙，名汇山河。
> 像在神存，德配日月。
> 感念师恩，不辍我学。

二〇二一年九月二十四日晨　成都·雪峰诗斋

七绝·诗乐轻骑天府行（二）

> 天府通衢达八方，诗乐轻骑心徜徉。
> 银杏白果硕累累，桂花秋风送清香。

二〇二一年九月二十五日　成都·雪峰诗斋

七绝·仲秋新津水乡行吟

> 艳秋丽日水乡行，乐友相约斑竹林。
> 蜀韵悠悠蕴秋色，羊马河畔水淙淙。

二〇二一年九月二十七日　成都·新津斑竹林

七绝·咏斑竹林

天府之国胜景多,斑竹林依羊马河。
水乡流韵南国秀,湘妃倩影映碧波。

注:斑竹又名湘妃竹。竹竿上有紫褐色的斑点。传说帝舜南巡苍梧而死,他的两个妃子在湘水上望苍梧山哭泣,眼泪洒在竹子上,从此竹上有了斑点。故斑竹又称湘妃竹。

二〇二一年九月二十七日　成都·雪峰诗斋

七绝·咏成都锦里

三分天下蜀汉城,故国锦里贯古今。
汉肆楼阁鳞栉比,芙蓉第中千载春。

二〇二一年九月二十八日　成都·雪峰诗斋

七绝·诗乐轻骑天府行(三)

诗乐轻骑都江行,披星戴月吟晨风。
耳畔岷江波涛鸣,青城颔首喜相迎。

二〇二一年九月三十日　都江堰南桥

七绝·诗乐轻骑天府行（四）

陇人蜀士吟风云，
拜水都江问青城。
驰心骋怀天府行，
一怡平生山水情。

二〇二一年九月三十日　都江堰南桥江畔

七绝·咏都江堰青城山

滚滚东去岷江水，逶迤西来青城峰。
碧水润泽天府国，翠岭绿染锦官城。

二〇二一年九月三十日　青城山侧

七绝·夜宿江畔

四喜人家宝瓶藏，庭院深深屋连廊。
头枕青山足抵江，行者酣然入梦乡。

二〇二一年九月三十日夜　都江堰四喜人家民宿客栈

七绝·诗乐轻骑天府行（五）

过琴台路有感

琴台古径韵悠长，西汉文豪著华章。
长卿抚琴《凤求凰》，文君鬻酒怡情郎。

二○二一年十月三日　成都·雪峰诗斋

《雪峰晨语》（四十二）

芙蓉花开的时节，我回到了阔别十五个月的成都。
"蜀中七杰"为我接风洗尘，"清雅苑"中欢声笑语，"云中的白马青骡"恣情驰骋……
"音乐罗克"邀我畅游新津水乡斑竹林，倾听羊马河的淙淙水声……
挚友科彬陪我遍游浣花溪，欣赏新添的景点，喜看沧浪湖水面上水鸭们划波击浪……

有朋友真好。
芙蓉花开的时节真好。

二○二一年十月五日晨　成都·雪峰诗斋

临江仙·游望江楼公园

九眼桥畔望江楼，一览天府锦绣。川蜀自古韵风流。翠竹掩映，文脉学林优。

薛涛亭前玉女津，才女诗篇灿烂。美笺万古承流传。管领春风，诗魂延千年。

注：薛涛井，旧名玉女津。

二〇二一年十月五日夜　成都·雪峰诗斋

诗乐轻骑天府行（六）

咏洛带古镇

龙泉山脉四百里，两江分流自奔涌。
八角井中落玉带，天下客家荣古镇。

注：1. 龙泉山脉为岷江与沱江之分水岭。2. 传说蜀汉后主刘禅的玉带落入八角井，因"落""洛"同音，故称"洛带"。

二〇二一年十月八日　成都·雪峰诗斋

自由诗·芙蓉花赞

繁花似锦的金秋十月
你盛开在天府之国
装点蓉城的妖娆
丰富蜀地的颜色

高端大气
花朵美硕
蕊语纤细
贞操纯洁

流水有声花无语
栉风沐雨濯秋色
静观蚕丛耕作
遥闻鱼凫古歌
倾听长卿抚琴
笑看文君吆喝
祈祐李冰治水
呵护薛涛浣笺
倩影婆娑
伴太白月下独酌
闲听秋雨
吟少陵《三吏》《三别》
华木拒霜生川蜀
温润天府迭岁月
媲美牡丹艳蓉城

生生不息生命歌

二〇二一年十月十一日　成都·雪峰诗斋

诗乐轻骑天府行（七）

念奴娇·遥想苏轼

诗乐轻骑，东坡路，神遇铁冠道人。东坡古亭，心长吟，大江东去词韵。清河碧波，岸垂绿柳，无限风光秋色。天朗气清，暗合子瞻步辙。

遥望琼楼玉宇，祥云频缭绕，仙踪绰约。天上人间，任驰骋，情融高山长河。幸逢盛世，礼赞美生活，长赋高歌。穿越时空，莫道岁月蹉跎。

注：
1. 四川成都修建有苏坡桥、东坡路。
2. 苏轼，字子瞻，一字和仲，号铁冠道人、东坡居士。

二〇二一年十月十二日　成都·雪峰诗斋

诗乐轻骑天府行（八）

如梦令·天府广场

诗乐轻骑重阳，盘桓天府广场。水润川蜀地，锦绣蓉城心脏。天府，天府，领袖古都风光。

二〇二一年十月十四日　吟于成都·天府广场

自由诗·遥想北方的雪

每当秋冬之交的时候
我就遥想北方的雪

北方的雪
飘飘洒洒
晶莹鲜活
翻飞旋腾
覆盖原野

北方的雪
清灵冷艳
飘逸纯洁

遥想北方的雪
极目山舞银蛇
天高地阔
畅想生命的轮回
高扬心魄的劲歌

雪花翻飞
我奔涌的心河
银光闪烁

遥想北方的雪
我静赏梨花万朵

遥想北方的雪
我心驰北国
红焰灼灼
心旌猎猎
……

二〇二一年十月十六日晨　成都·雪峰诗斋

诗乐轻骑天府行（九）

江安河行吟

成都平原地域阔，江河纵横似星罗。
江安东流走江闸，物华天宝民安乐。
紫燕翻飞舞秋风，银鹰呼啸掠长河。

二〇二一年十月十六日　行吟于成都·江安河畔

诗乐轻骑天府行（十）

沁园春——街子古镇

诗乐轻骑，街子镇古，青城山遥。跨金马河桥，放眼波涛；脚蹬祥云，心翼旋高。七里诗乡，芙蓉大道，三十六峰迤逦俏。
凤栖山，翠绿舞妖娆，雾漫山腰。御龙桥横味江，字库塔高耸入云霄。碧水映廊桥，涟漪迢迢。清波无弦，雅韵缭绕。翠峰

有意，翘首远迎，静俟陇人蜀士到。天府行，赏绿水青山，诗意邈邈。

二〇二一年十月十八日　崇州街子古镇

诗乐轻骑天府行（十一）

咏　温　江

鱼凫开国遥茫茫，岷江分流润温江。
金马河水波浪涌，柳城芙蓉国色乡。

注：1. 温江古称"柳城"，是4000多年前古蜀鱼凫王国发祥地。2. "国色天乡"为温江著名旅游景点。

二〇二一年十月二十一日　成都·雪峰诗斋

《雪峰晨语》（四十三）

历久弥新的同学情

原本计划的八月份同学聚会，被新冠肺炎疫情一搅再搅，大家都觉得盼而无望了。

自1982年分别至今，有一部分同学从未会面。虽然建了个同学群，在网上也有交流，还互通了别后之情，但大家都渴望能见上一面。

同窗四年，分别四十年，当年的英才俊杰们，在不同岗位

上，为国家、为社会、为行业做出了各自的贡献，也书写了各自的人生。

时光匆匆，岁月蹉跎。如今，我们这干人皆已成为"60""70"后，有些即将成为"80"后。如此一来，聚首相会必要而珍贵。

可恶的毒疫，虽然搅黄了我们的聚会，但同学间的情谊更加浓烈而醇厚。其中最可爱可敬的要数窦世荣学兄，此君年龄比我们"60"后的大十来岁，但童心未泯，每隔几天就呼唤想念同学们，兄长之风温润人心。

陇东片区的负责人张久善同学更是可亲可爱。按年龄说，我们都是窦学兄的学弟，但每当窦学兄嚷嚷着要聚会时，久善君都像老大哥一样宽慰窦学兄，并承诺安排小型聚会。

看来，学富五车的窦世荣学兄的确返老还童了；厚道谦恭的张久善学弟着实老成持重了。

我似乎看见，窦学兄嚷嚷"我要吃糖"，张久善学弟赶紧宽慰"这就给"……

我又一次被历久弥新的同学情陶醉了。

愿各位学兄返老还童。祝各位学弟永葆青春。

毒疫终将散去，聚首指日可待。

二〇二一年十一月二日晨　成都·雪峰诗斋

再过琴台路

西汉文豪《凤求凰》，邛崃红颜情彷徨。
琴台古径今犹在，《白头吟》训世间郎。

二〇二二年三月二十九日　成都·琴台路

壬寅仲春百花潭即景

龙爪古堰百花潭,浣花流韵清波泛。
紫燕翻飞鸣翠柳,白鹭振翅舞翩翩。

二○二二年三月卅一日晨　成都·清水河畔

自由诗·说给沧浪湖

走进了成都
我就走近了你

结识了清水河
我就亲近了你

结交了杜甫
我就结盟了你

跃出仰天窝
流过金马河
你一路奔涌
汇入龙爪古堰
浣花濯锦
银波闪烁

每当晨曦初露

我都从你身旁走过
身心融入你的涟漪
　　幻化澄澈
　　你清朗的瞳仁
　　过滤着我
　　曾经的过去
　　过去的曾经
　　把我所有的不快
　　还有一切烦恼
　　沉淀入湖底

　　碧绿的水面上
　　泛起的轻柔的薄雾
　　　旋腾 升空
　　与北疆边陲的玫瑰谷
　　联结成我心灵的彩虹
　　……

　　　于是
　　我恣意地在彩虹的两端
　　　南来北往
　　　驰神骋情

你是我无边心海的一汪清潭
　　落户于我的体内
　　　我心甘情愿
　　　把你引入
　　　我的诗里
　　　……

结成我心灵的彩虹

二〇二二年四月十三日　成都·浣花溪沧浪湖畔

独坐喜雨亭

毒疫未消黎民忧，草堂风物还依旧。
子美苦颜锁愁眉，幽思疫情何时休。

二〇二二年四月二十一日　成都·杜甫草堂喜雨亭

赏《匡扶诗文钞》

像在神存诗文优，德合日月映九州。
匡正风雅韵悠长，扶植桃李蹊自留。

二〇二二年五月八日　成都

浣花溪行吟偶得

锦城文化底蕴厚，探幽访古情不老。
更有草堂结近邻，浣花溪畔得逍遥。

二〇二二年五月十五日晨　成都·浣花溪畔

烟雨沧浪湖

烟雨蒙蒙沧浪湖,白鹭旋空竞相舞。
水鸭振翅划碧波,涟漪两分现媚妩。

二〇二二年五月十九日　成都·浣花溪沧浪湖

垂钓与放生（随笔）
——河边散记

每天清晨走过清水河边,总会看到一些网捞或垂钓的人。

每每这时,我都会想到很多。诸多想法中,更多的是对那些网捞者和垂钓者的鄙夷和憎恶,当然也不乏对落网和上钩之鱼的同情和悲悯。

今天下午,我心情颇好,再去清水河边休闲。不承想,两幅场景使我不得不写些文字……

河的这边,三四个垂钓者正"专心致志"地手握抛入水中的渔竿,如豆的目光贪婪地射向鱼钩,口中与同行说着言不由衷的话。

河的那边,两个妇女每人手中拎着一个装着几条鱼的水袋,轻轻地放在地上,准备着放生。她们的旁边,也有一个正在"作业"的垂钓者……

河这边的那几个垂钓者,看见对岸准备放生的妇女,也看见了旁边的那个垂钓者。

我虽无法看见那两位妇女的表情与目光,但我确信,她们的表情一定是虔诚的,目光一定是善良的、怜悯的。

两位妇女轻轻地把鱼放入河水，鱼并没有直接游走，在为它们放生的人面前来回游动，或许是谢恩，也或许是不忍分别……

放生的妇女，用手中的小树条，在空中驱赶不愿离去的鱼，让它们游向活路，游向自由……

我的两只眼睛忙乱起来了，一会儿眺望河那边的放生者与被放生的鱼，一会儿看看近在眼前的垂钓者。

我原本休闲的心，也动起来了。我想，那些网捞者和垂钓者，捞到手中和钓到手中的是无穷的贪婪和无情的暴虐；放生者放入水中的不光是几条鱼，更是同情、怜悯、善良与爱心。

我突然明白了"上善若水"……

二〇二二年五月二十五日　成都·清水河畔

清水河晨景

红霞碧水映蓝天，清流涌波银光闪。
鹭翔燕舞自怜影，绿帘横垂廊桥边。

二〇二二年六月十四日晨　成都·清水河畔

五津廊桥浅吟

陇汉蜀翁游五津，彩虹廊桥渡雅韵。
老君山峰叠翠绿，南河水碧流无声。

二〇二二年六月二十日　成都市新津区五津廊桥

七言诗·忆往昔

公元 2017 年 6 月 10 日，众同学于榆中兴隆山聚首。吾身居蜀中，不能亲往，颇感遗憾。故赋诗一首，遥寄同侪，以忆之，赞之。

——题记

遥想四十五年前
苑川道上众少年
背负干粮与炒面
心怀理想和明天

苦读两载别母校
步入社会心茫然
精神腹囊双饥渴
艰辛拼搏度岁月

栉风沐雨不怕难
千锤百炼志愈坚
韶华易逝顾不得
各自东西音讯缺
二十三十一眨眼
四十五十弹指间
为国为家做贡献
信步迈入花甲年

今日聚首兴隆山

欢声笑语入云天
喜看我辈写春秋
谁言人无再少年

二〇一七年六月八日晨　写于成都

七言诗·赠友人

结伴故人山野行
枕头山巅话童年
群山连绵望不断
晚风习习情无限
日沉西天红如火
月闪清辉跃东山
九天蜿蜒现银练
田野氤氲沁心间

二〇一七年七月　写于兰州·老家

七绝·瞻仰杜甫草堂工部祠

杜甫草堂工部祠楹联云："荒江结屋公千古，异代升堂宋两贤。"数次瞻仰、游览，感想颇多，故赋诗以赞之。

——题记

子美端坐祠中央
少游山谷列两旁
不因诗圣怕寂寞

两代三贤各辉煌

　　　　　二〇一八年三月十一日晨　写于成都

望云天

万象扑朔迷离中
世人难辨假与真
我在高楼望天宇
静观云腾起峥嵘

　　　　　　　　二〇一八年八月一日

七言诗·望云天

万象扑朔迷离中
世人难辨假与真
我在高楼望天宇
静观云腾起峥嵘

　　　　二〇一八年八月一日　写于甘肃·金昌

自由诗·听风

每当夜晚户外西南风乍起
我都无法按捺心中的惊喜
……

那可是我的大哥
——青藏高原
送来的信使

风声呼呼
掠过天际
掠过夜空
越过山峦
穿过树林
又呼啸楼顶
破窗而入

大哥的嘱托
山川的企盼
在我身边
流入我的心底
……

呜——呜——
我听见了
尊贵的信使
远方的朋友

呜——呼——
呼——呜——
我听见了
远方的大哥
……

辛苦了
尊贵的信使
请你歇歇脚
好尽快返回
转告我远方的大哥

请他放心
他的小弟雪峰
近来安好

请他安心地
山川相连
安心地
守望蓝天……

上路吧
尊贵的信使
带去我的问候和祝福

祝福高原
祝福江河
祝福雪山
祝福草原
……
扎西德勒

二〇一八年八月十五日凌晨

五言诗·答友人

序

　　我的大学同窗好友根存先生,为人厚道且颇具文才。多年来虽与我异居两地,然对我关爱有加,时有问候。我们曾相约于金秋会晤甘南草原,但因多雨行程不便。今日,他从甘南发来微信,问我:"正在大作乎?"适逢我正在遥念之中,故赋诗以答之。

耕耘田地间,
不敢误季节。
插秧七八株,
种豆三四颗。
不足三亩地,
忙我十天多。

君登当周山,
我游戈壁滩。
西风吹高原,
飘来我思念。
九曲黄河水,
南回又北溯。
青藏有高原,
逶迤山川连。
山重水更复,
情驰白云间。

歪诗三四章,

散作七八篇。
我在祁连北,
君在甘之南。
风动秋气爽,
河水碧波荡。
遥看云天处,
草低见牛羊。
君临当周山,
我目穿祁连。
心会大草原,
神合天地间。

二〇一八年八月十七日下午

五言诗·青藏高原赞

近日连续撰文,写就散作八篇,专说青藏高原。然仍觉情犹未尽,故赋诗以赞之。

——题记

世界有屋脊
青藏大高原
巍峨更峥嵘
山川紧相连
伟岸傲众男
母爱薄云天
孕育江河水
滋养众草原

雪山闪银辉
草原绿茵茵
佛塔肃然立
香烟袅袅升
山峰入云端
雄鹰翱蓝天
河水流潺潺
风吹牛羊见

冬雪白茫茫
夏绿碧波荡
风拂经幡舞
高原现灵光
山不言己高
水无语自长
人间香巴拉
九色大天堂
天地共吉祥
众生同安康

二〇一八年八月十七日

七言诗·金昌赞歌

(一) 咏金川公园

甘肃河西走廊中部,兰新铁路北侧,是著名的中国"镍都"——金昌。金昌公园是金昌市内最大的公园,占地30公顷①,其中湖面3.5公顷,建设方式既融入了传统造园风格,又结合了现代生态理论,构思严谨,布局合理,风景秀丽,风格独特,是集休闲、娱乐、健身、旅游、观光等多种功能于一体的大型综合公园,有"河西第一园""塞外明珠"和"沙海公园"之美称。园中人工湖叫丹霞湖,湖心九曲石桥串连水域,八卦亭、碧春坊等仿古建筑。雕梁画栋、气势恢宏。另有石拱桥供游船穿过;眉湾水潭,流水潺潺;湖岸垂柳成荫,摇曳多姿;山三座,曲径通幽;桥五座,风格各异,桥侧芦苇簇簇,于水中随风轻摇。园内树木繁多,碧草青青,百花盛开,姹紫嫣红。

每次晨练或游览,流连忘返。故赋诗赞之。

——题记

旭日东升霞满天,
晨风飒飒空气鲜。
碧草青青天蓝蓝,
姹紫嫣红百花艳。

丹霞湖中水云天,
静中有动波光闪。
湖畔翠柳随风摆,

---

① 1公顷=0.01平方千米。

簇簇芦苇曳桥边。
剑指苍穹银光闪,
笔抵湖中探艺渊。
气运神凝思绪翻,
书法剑术两互勉。
舞者挥手又蹈足,
书者无语笔飞旋。

倏忽鱼跃浪花白,
天空白鸽划云彩。
湖面涟漪四散开,
垂柳婆娑任摇摆。
碧春坊旁乐声荡,
八卦亭边歌飞扬。
祁连颔首展笑靥,
龙首昂天白云端。

二〇一八年八月十七日

(二) 金昌赞歌

镍都金昌八月天,
秋高气爽天碧蓝。
东湖西湖波光闪,
紫荆花海正烂漫。
大街瓜果摆两旁,
小巷蔬菜翠又鲜。
文化广场歌飞扬,
玫瑰谷中百花香。

祁连雪峰望不断，
龙首笑靥入云端。
朝阳晨曦穿林梢，
落日熔金霞满天。
时有白鸽云天过，
倏忽鱼跃翻水波。
北国秋色最宜人，
我为金昌赋新歌。

祁连龙首两相连，
撩我思绪万万千。
笔拙词寡道不得，
扼腕叹息长太嗟。
骆驼峰顶云朵朵，
歌声飞出我心窝。
……

二〇一八年八月十八日晨

五言诗·望天宇

云从东边起，
会际我头顶。
风自西边来，
荡胸激情怀。
放眼漠北处，
沙海泛异彩。
远眺祁连南，

心飞九天外。
驰目更骋怀,
野马践尘埃。

二〇一八年八月二十日

七言诗·西部写意

天圆地方万物藏,
西高东低江水长。
南国山水多秀丽,
雄浑辽阔是北疆。
喜马拉雅入云天,
东海浩瀚碧波荡。
满眼风光滚滚来,
心中丘壑涌波浪。
黄土高原信天游,
大河奔流向东方。
风吹草低见牛羊,
蒙古高原驰蜡象。
滇黔云高天碧蓝,
逶迤峥嵘延青藏。
心游八方情未了,
神合自然美画廊。

二〇一八年八月二十日晨

七言诗·观雨

祁连蒙蒙白浪涌,
龙首如黛烟雨浓。
秋风飒飒梳细雨,
紫燕穿梭过树丛。
极目天际叹寥廓,
漠北瀚海或明灭。
绵雨淅沥无歇意,
天地空蒙景色新。

二〇一八年八月二十一日

七言诗·赏雾

雨霁云收天地开,
朝阳金光射树林。
水雾弥漫旋湖中,
龙首蜿蜒骆驼峰。
海纳百川容乃大,
山藏峰峦风雨兴。

二〇一八年八月二十二日晨　写于金川公园丹霞湖畔

七言诗·秋日咏杨柳

天高云淡碧空蓝,
秋风飒飒鸟翻旋。
白杨昂首向天耸,
碧柳垂直舞婆娑。
白杨绿柳相参差,
和谐共生大自然。

二〇一八年八月二十二日午后

五言诗·说"聽"

耳旁半边德,
合成汉字"聽"。
观字细思忖,
仓颉造意深。
听闻贤者言,
践行即耳聪。
省身谋思齐,
德崇目亦明。
若闻喊喊语,
远离洁自身。

二〇一八年八月二十二日

戈壁秋夜

戈壁秋夜天朗朗
月明星稀空气爽
举目星空碧如海
远眺祁连若龙翔

二〇一八年八月二十二日夜

金昌——雅布赖一日游

我本陇上人
生来爱山川
久居河西地
迁徙入四川
问道青城山
拜水都江堰
戊戌返河西
滞日久流连
心驰青藏原
神骋戈壁滩
畅游东西湖
情酣焉支山
紫荆花海阔
玫瑰谷芳艳
驱车甘蒙界

翘首望祁连
雪峰映白云
沙海波连波
咨嗟四张望
穹庐盖四野
纵情荡心波
信马更由缰

二〇一八年八月二十三日

望　　月

车停人歇马路空
尘埃落定万籁静
万家灯火次第熄
夜色阑珊笼戈壁
皓月当空无纤尘
清辉如银照天地
我在高楼望天宇
凝眸静气游太空

二〇一八年八月二十三日夜

戊戌中元夜与友唱和

序

挚友根存发来短信，言于明日抵金与我会晤。闻讯后我喜出

望外，遂赋诗互相唱和。

一

君自甘南来
我候戈壁滩
曲指会晤日
相聚焉支山

二

戊戌初秋好季节
大地普唱丰收歌
陇东根存临河西
祁连雪峰有颜色

三

丝绸有古道
文友辟新途
盼君早屈驾
同登高歌路

四

你我本为年轻人
风骚满腹值盛年
正当意气勃风发
不负人生好年华

五

中元之夜月灯明
金城镍都齐生辉
君东我西赋诗情
天上人间两相映

二〇一八年八月二十五日夜

赠友人

遥想二十一年前
同窗学友相探看
当年携女临寒舍
今日小孙嗔唤爷
根存存根根自得

无题三首

高原行路步亦阔
情注雪域沃草原
惠泽藏胞声名播
笑谈青丝生华发
根深叶繁累硕果

二〇一八年八月二十六日零点

神驰情骋思飞扬
胸中荡起千层波
心曲高扬笔飞旋
目穿祁连望青藏

二〇一八年八月二十九日

河流布川蜀

锦城渡桥多
水穿廊桥下
鹭栖望碧波

二〇一八年十二月二十四日

成都冬咏

桥卧浣花通草堂
溪流清河绿锦江
莫道数九寒天季
蓉城冬月胜春光

二〇一八年十二月二十五日

题"杜甫千诗碑"

诗中圣哲
千年诗人千诗碑
笔底波澜
黎民黎情黎传诵

二〇一八年十二月二十七日

白瑞对话

文化人文化底蕴深厚

成都人成都诗意浓浓
蓦回首
鱼翔浅底向龙门
抬望眼
腊梅昂首迎新岁

二〇一八年十二月三十一日

二〇一九年元旦咏浣花溪——杜甫草堂

轩亭参差连长廊
诗碑林立延草堂
少陵当年避难地
千年元旦光焰长

二〇一九年一月一日

戊戌冬月末咏浣花溪

河边草青青，
水畔花嫩黄。
稚鸟鸣啾啾，
鱼潜水底游。

二〇一九年一月三日

戊戌冬月末咏杜甫草堂

茅屋静立待游客，
子美凝目思长河。
一揽亭旁藤缠树，
红梅枝头雨串珠。

二〇一九年一月三日

太阳出来喜洋洋

蜀中冬阳。

近二十日，蜀中连日阴雨，不见日光。今晨，太阳神鸟穿破云雾，振翅而出，一扫阴湿，光耀蜀地，再现明亮……

天上一个太阳，
水中一个太阳。
水中的太阳更明亮？
……
太阳出来喜洋洋……

二〇一九年一月四日

又是一个艳阳天。
　　吃一口太阳，抓一把阳光，问一声杜甫。
　　……

二〇一九年一月五日

小寒艳阳天

吃一口太阳
抓一把阳光
问一声杜甫
……
品一杯川茶
饮一杯川酒
做半生川人
……

二〇一九年一月五日

四言诗·咏四川

苍苍蚕丛
开川辟蜀
茫茫鱼凫
草创天府
三星堆古
川人先祖
太阳神鸟
金沙遗古
湖广填川
蜀人质朴
岷江水清

都江堰古

青城山幽

峨眉峰秀

则天武后

女皇鼻祖

谪仙出川

诗圣入蜀

地灵人杰

不能细数

青山绿水

物产富庶

歌咏四川

言出肺腑

二〇一九年一月五日　写于成都

说给太阳

成都连阴二十余日，前两天难得艳阳，今日又阴。

太阳，我告诉你：你再不烤蜀地，鄙人就要考你——考问你，考勤你，给你打卡……

请你深思……

问曰：太阳神鸟，难道有谁折断了你的翅膀？抑或是蜀地云层过于厚重，还是盆地四周重山莽莽？

你能告诉我吗？

你现身，发光热，你便主动。

你隐形，敛光热，我考勤你、打卡你，你便被动。

做个主动者，还是做个被动者，任你选择……

我历来是个主动者。我将主动地给你考勤、打卡……
至于真有谁折断了你的翅膀,只要你告诉我,我将会主动地……

致太阳:
很久很久以前,你成就了"蜀犬吠日"的成语。今天,我要来个"陇人问日"。
我是一个认真的人,一旦发问,便连连发问。
当年屈原有天问,眼下我在心里已开启了日问……
我是一个主动者……

二〇一九年一月六日

永昌乖女

玫瑰谷中花幽香
静湖水碧波心荡
永昌乖女携父游
一曲《父亲》热泪流

二〇一九年一月八日

梅花郎(廊)

草堂梅林花绽放
游人咂舌慕清香
红衣儿郎花丛过
面拂春光头染霜
花香浸润士子心

树骨傲就体健强

二〇一九年一月八日

咏　花

锦城冬季少阳光
幸有百花扮容妆
腊梅渐欲淡浓香
红梅朵朵傲然放
绿梅繁多似翡翠
玉兰含苞吐芬芳

二〇一九年一月八日

祁连北麓

祁连北麓地莽莽
万亩紫荆花海洋
天蓝水碧映焉支
笼盖四野漫芳香
我为故乡抒心曲
琴声飘过花波荡

二〇一九年一月八日

草堂写意（一）

黄四娘家花满蹊
草堂北邻今胜昔
淑媛香茗酬远客
水幽竹修鹭依依

二〇一九年一月九日

草堂写意（二）

金丝万缕映碧树
淡绿依旧泛树梢
冬秋不辨迷人眼
柳君三九衍春朝

二〇一九年一月十日

咏武侯祠

东汉三国蜀汉城
西南沃野天府国
诸葛大名贯宇宙
武侯祠穆耸巍峨
……

我在武侯大道行
心歌大江吟长河
……
淡泊明志待英主
宁静致远展雄略
出师双表垂千古
鞠躬尽瘁成楷模
羽扇纶巾两袖清
万代瞻仰贤名播

二〇一九年一月十日

七言诗·成都浣花溪中国诗歌大道行吟

中国诗歌三千年
泰斗巨星悬日月
国风屈平启双流
谪仙诗圣共领舵
子瞻大江放豪歌
居士易安吟婉约
各朝历代多才杰
源渊韵流汇长河

二〇一九年一月十一日　写于成都

蜀中逢五杰

蜀中逢五杰

白马复青骠
不薄陇上人
共筹叙契阔
锦城有光熹
风致隐绰约
嘉州生玉华
诗书满腹裹
同宗名兴元
都江潇洒客
异地逢知音
我心何其乐

二〇一九年一月十二日

戊戌季冬清水河畔行吟

龙爪清流百花潭
沧浪湖水波潋滟
水润天府川蜀地
陇上士子心潮翻

二〇一九年一月十五日

竹林行吟

独行幽篁里
翠竹碧云天

翘首望苍穹
心驰逐波澜

二〇一九年一月十七日

七言诗·浣花掠影

玉兰含蕊蓄芬芳
绿梅初放散清香
海棠花叶匀肥瘦
红梅翠竹映靓妆

二〇一九年一月二十六日

小年茶语

草木人合
日月生成
四季发华
蓄精藏魂
塑形变身
物格有恒
潜心品啜
神凝气平

二〇一九年一月二十八日

无 题

陇上天府两地人
常年结伴草堂行
士子不惧将军威
将军不嫌士子贫
文武同道鸣和谐
诗歌圣地两相亲

二〇一九年二月二日

大年初一

己亥元春早起身
士子将军结伴行
武侯祠里拜诸葛
草堂寺里谒子美
步行天府川蜀地
神驰八方贯古今

二〇一九年二月五日

己亥正月初四，安德晨诵

拜水都江
问道青城

山涵氤氲
水蓝浪涌
挚友嘉宾
美景丽人
人山人海
谈笑风生
乐复融融
红日西沉
青春无尾
翅鼓翼奋
暂别山水
行色匆匆
豪逸酒店
下榻栖身
情豪致逸
沐浴洗尘
安德得安
身心入梦
文不加点
神驰雪峰

二〇一九年二月八日

永远的亲情
永远的缅怀——缅怀匡扶先生
扶植后学
先生之德
一代宗师
桃李讴歌
诗书并峙

名汇山河
像在神存
德配日月
……
感念师恩
不辍我学

二〇一九年二月八日

女人花——致央金拉姆

拙句憨唱玉兰花
引得美人谬赞夸
皓齿清眸巧笑盼
倩靥微露绽芳华
鲜花美人共相映
央金拉姆女人花

二〇一九年二月十日

让心再度启航——致学兄陈建栋先生

三十七年前，大学毕业，分手在即，同窗挚友建栋兄题辞与我话别：前进吧！年轻人，航道上洒满阳光！

——题记

启航
让心再度启航

……

航道上
依然万道金光
峡谷两岸
更加百花飘香

启航
让心再度起航
……
心的航船
没有彼岸
唯有满眼风光

前进吧
银帆烈烈
浪花翻飞
驰向永远的
远方

二〇一九年二月十二日

初说匡文留诗

匡文留先生治诗四十载，佳作三千余首，真乃"飞流直下三千尺"，堪称"银河落九天"……

文留之诗，实为心河之流淌，流水潺潺，浪花朵朵……

文留之诗，又如山川之逶迤，延绵不绝，秀峰座座……

文留之笔，上指苍穹，下探海底，纵横捭阖，贯通古今。

文留之诗风，既有东坡大江东去之豪气，更有易安把酒黄昏

之婉约……

纵观中国当代诗坛,未有如文留先生之一路高歌,洋洋洒洒,低吟浅唱,独成风景者也。

正哉,匡氏!美哉,文留!!

赞曰:匡正风雅,文留华夏!

二〇一九年二月十四日 写于成都

七言诗三首

其一

答杜工部问兼说文留

身在草堂日日行
昨夜诗圣入梦来
问及当今文坛事
我答风雅有新秀
子美闻言展笑颜
嘱咐从容慢数点
情急近前禀咨询
匡氏文留领卓然

二〇一九年二月十五日晨

其二

奉命受谴杜工部兼说匡文留诗

闻听回禀不开言

少陵招手将我唤
赐马托书命我行
驮回文留诗三千
"诗圣何时结匡氏"？
子美手指向九天
"听得诗界文留声
因故引得尔入川
青藏高原谴君来
与我为邻待传唤
中国诗歌三千年
太空新星几璀璨
匡氏文留诗三千
正合奇偶盈双三
赐尔神驹足力健
快去快回勿迟延
我将细阅三千篇
为将风雅添光焰"

二〇一九年二月十六日凌晨

其三

佳音凌空来天外
奉命受遣将欲行
天外佳音传蓉城
心绪荡荡生层云
趁曦披霞禀诗圣
草堂归来意难平
神驰京华贺师兄
诗史神话添风雅

诗坛新星烁太空

二〇一九年二月十六日

春雨浣花溪

……
浣花湖中
一只白鹭静立着
……
孤独
……
孤傲
抑或是
卓尔不群

……
一只白鹭
白鹭一只

一只——
有思想的白鹭
……

二〇一九年二月十七日

己亥上元节诗赠白瑞兼说文留

中国诗歌三千年,
历史长河波悠悠。
太空群星烁风雅,
新星璀璨诗坛秀。
"双百"成偶传佳音,
今朝喜看匡文留。
大河后波涌前浪,
雪峰白瑞意赳赳。

二〇一九年二月十九日

五言诗·诗说苏胜才

东坡后裔人
姓苏名胜才
笔耕岁月稠
文赋陇原秀
神驰天地外
心守祁连山
气纳九天云
情逸山水间

二〇一九年二月二十日

五言诗·诗说陇上名师姜辉莲

陇上园中丁
芳名姜辉莲
耕耘几十载
育得桃李才
淑女心善良
情沐焉支外
同为园中人
自惭愧心怀

二〇一九年二月二十日

再唱清水河

吾自陇入蜀十有五年矣。尔来,赖岷江水之润,得以身心康泰。为感恩江河,再缀文以歌之。

——题记

龙爪村烟
清河波滟

年年河边
岁岁溪畔

草堂信走

沧浪漫游

啊
清水河

二〇一九年二月二十日

序　　曲

春天
一个歌唱的季节

清清的流水声
清遍了山谷

蜜蜂儿自由地飞舞
百灵鸟愉快歌唱

二〇一九年二月二十二日

五言诗·"双楠"之"双男"

诗说成都生活
——题记

地名曰"双楠"
居苑号"名城"
陇蜀两地人

家室互为邻
川将本姓邓
陇士号"雪峰"
十载结伴行
将士不相分
朝朝浣花游
年年草堂行
军民手足情
甘川一家亲
双男居双楠
相伴踏歌行

二〇一九年二月二十三日

春天的歌（之五）

春天来了……在歌唱
万物都在歌唱

我要歌唱——
唱给山谷
唱给溪流
唱给雪山
唱给草原
唱给白云
唱给蓝天
唱给自己
和自己的心

唱给……

　　我在歌唱
　　我在——
我在黄土高坡歌唱
我在故乡的小河边歌唱
我在黄河水车旁歌唱
我在青藏高原歌唱
我在云朵里歌唱
我在山舞银蛇的
　　北国歌唱

　　我在歌唱
　　我在天府歌唱
我在心灵的幽谷歌唱
我在心河波涛的
　　浪花里歌唱
　　……
　　我在歌唱

我在花丛里歌唱
我在树梢上歌唱

　　我在歌唱
　　……

二〇一九年二月二十四日

春天的歌（外一篇）

心曲悠悠，歌声缥缈

——题记

春天来了
在歌唱
我要歌唱
我在歌唱
……

伴着晨雾的轻柔
伴着梦的缥缈
……
在这美丽的春光里
我在歌唱
心曲悠悠
歌声缥缈
跃出浪花
穿过花丛
越过树梢
飞出云朵
……

心曲悠悠
歌声缥缈
飘向蓝天
飘进雪山

飘入群山的怀抱
……

二〇一九年二月二十五日

五言诗·答蜀友问

久居天府国
川友偶有问
陇蜀两相比
何地更安逸
闻听细思忖
明知而故问
近前施礼答
君细听分明
容吾慢言之
说与诸君听
巴蜀天府地
山青水更碧
物华又天宝
地杰人亦灵
秦岭界南北
太白延蜀陇
华夏文明源
上下五千年
丝绸传欧洲
古道八千里
地大物更博

自古多俊杰
春风拂玉关
长河落日圆
大漠戈壁滩
雪山阔草原
敦煌莫高窟
壁画飞九天
瀚海鸣沙山
戈壁月牙泉
陇士居蜀地
饮水常思源
甘川两相宜
情怡大自然
长歌赋不尽
秉笔唱新元

二〇一九年二月二十七日晨　写于成都

自由诗·央金拉姆，成都卓玛

你是九曲天河缓缓流来的
一泓清水
是草原花丛中
一朵常开不败的格桑花
你从溜溜的康定城款款走来
你从溜溜的跑马山翩翩飞来
……
从此
蓉城盛开了一朵鲜艳的

芙蓉花

　　格桑花
　　芙蓉花
你是人们眼中的美女
我则在心底称你为
　　草原上的卓玛

　　几十个冬去春来
　　　秋连着夏
你为无数的学生
讲授经济学与哲学
　　而在我看来
　　你的歌声笑容
　　　还有舞姿
　　　更"经济"
　　也更"哲学"

　　　是啊
　　你是芙蓉
　　也是格桑花
　　更是浣花溪畔
　　"新诗小径"旁
　　低吟浅唱的歌者
　　自由的舞蹈家

　　爱美的姑娘们
　　多次询问甚至质疑
——你的五官是否整过容
　　我也曾调侃你

——当心你翘挺的鼻梁掉落在地
……

你不喜言谈
常用眼睛与人说话
明眸里
一汪清泓
偶尔泛起
几朵浪花

浅歌低唱
有点像当今歌坛新秀
——降央卓玛
舞姿婀娜
宛如草原风吹拂摇曳的
一朵格桑花

"藏族弦子"是你的最爱
草原锅庄是你的强项

树桃李于成都
播美丽于天府
噢
扎西德勒
成都卓玛
——央金拉姆

二〇一九年三月一日　写于成都

春　思

百花虽自然生长
可是
若没有园丁的劳作
哪有姹紫嫣红的芬芳
人们艳羡并赞美百花的娇颜
可是
没有劳动的欢乐
哪有春风吹拂

二〇一九年三月一日

乘马京华·奉命受谴杜工部兼说匡文留诗（四）

子美闻讯颔首笑
命我乘马赴京华
领命受谴别诗圣
春风伴我跨骏马
神驹穿云又破雾
一路豪歌披朝霞
情驰心骋天地间
胸荡层云唱风雅

二〇一九年三月二日　写于成都

春日呓语

人与自然同为物
谁能领首吾不知
人言喊喊惹纷扰
花开不语蕴诗意

二〇一九年三月二日下午　行吟于成都·田垄道畔

七律·游杜甫草堂偶感

一处茅屋传千载
万间广厦竞林立
世上早已无寒士
只缘众"士"蜕变"仕"
士豪仕豪齐竞富
苍蝇嗡嗡虎牙龇
少陵不语诗自传
雪峰冷眼视不见

二〇一九年三月三日　写于杜甫草堂

成都春柳

春柳碧丝垂万条

陇士情思神悠悠

二〇一九年三月四日

心　　曲

阳春宽余情悠悠
管弦舒缓音袅袅
心曲缥缈飞九天
神合天地自逍遥

二〇一九年三月四日下午　写于成都·武侯区文化馆

七言诗·示儿

吾儿张目看世界
岁月如歌心如河
"双语"生成尔翅膀
如切如蹉多琢磨

二〇一九年三月六日晨　写于成都

七言诗·雨天访陈治一教授

书生意气两相投
君子之交十多载

两年未曾短聚首
各自相思入梦来

二○一九年三月七日上午 写于成都

赏著名画家牛学勇先生美术作品兼唱和

昔日师大高才生
情注雪域高原城
只因作画贵有恒
耕得艺苑播名声

二○一九年三月七日下午 写于成都

学勇先生与吾为西北师大校友挚友，数十年来于文艺常有切磋。今品其诗赏其画，情不能已。故将上诗变为四言以再赞耳。

昔情只耕
日注因得
师雪作艺
大域画苑
高原贵播
才原有名
生成恒声
守望锦城

二○一九年三月七日

五言诗·贺"雪峰诗文天地"

春雨润诗情
文友赋歌声
共赏云天景
同会大地春

二〇一九年三月八日凌晨　写于成都

七言诗·"雪峰诗文天地"赞

春雨如酥润锦城
诗文天地景色新
百花芬芳沁身心
南唱北和艳文坛
藏族儿女歌声酣
满汉全席迷人眼
巴人陇士竞风流
天府之国美容颜

二〇一九年三月十日晨　写于成都

忆秦娥——词说苏胜才主编 《西风》与小说创作三十年

《西风》烈

焉支逶迤山巍峨
　山巍峨
　龙首昂天
　祁连横绝

春秋三十路如歌
　笔耕不辍赋山河
　赋山河
　戈壁茫茫
　大漠海阔

二〇一九年三月十四日下午十七时　写于成都

沁园春·词说匡文留与匡文留诗

黄河东去
白塔入云
金城兰州
有匡氏文留
开歌风雅
陇原千里
丝路悠悠
咏心底幽
诵巾帼秀
豪歌长赋吟风流
赴京都
铺诗书长卷
一展词轴

斯人何其逍遥
令雪峰熠熠融怅惘
仰诗家倩影
慕词人优
闻获双奖
恭贺夺标
喜出望外
难平心潮
浅缀拙词唱新秀
赞不尽
品佳人美文
心底长留

二〇一九年三月十五日　写于成都

四言诗·天水美男，金城才俊

——致陈建栋

我有同窗
陈氏建栋
四十年前
师大相逢
长我七岁
堪称师兄
一班之首
众称老总
我性活跃
陈君沉稳

常有关切
勉励谆谆
黄河之滨
共听涛声

毕业之时
题辞鼓奋
常看留影
忆情频频

陈君德美
大才稀声
经纶满腹
鲜露本真
风流倜傥
儒雅恭温
我歌师兄
言出心声
天水美男
金城才俊

二〇一八年秋打腹稿于兰州,二〇一九年三月十六日写于成都

焉支山下四朵花(长篇组诗)

被盆地七月的"桑拿"
蒸熏得时日旷久

自然而然地
渴望西部戈壁
凉爽的清风

浪漫金昌
西部花城
那里
万亩紫荆花海
碧波荡漾的金水湖
秀丽幽静的龙首西湖
错落有致
参差蜿蜒的
玫瑰谷……

这一连串的名字
一听
就叫人浑身清爽

戈壁的秋天是最美的
凉风习习
百花盛开
姹紫嫣红
空气中
弥漫着
薰衣草的芬芳
微风里
不时飘来
玫瑰的幽香

大漠深处
一簇簇沙葱花
随风摇曳
舞蹈着
生命的昂扬

植物园里
端庄大气的君子兰
怒放着
高贵与安详

金昌人民
用勤劳的汗水
创造出人间奇迹
——
把广袤的戈壁
硬是打造成
花的海洋
与水的故乡
遍地是花
到处是水
而有水的地方
就有花中仙子
——荷花的宁静
与淡淡的忧怅

看那玫瑰谷里
到处是迷人心魄的
层层叠叠的

月季的芳香

我
原本是这里的主人
更是熟悉戈壁滩
风沙、胡杨
荒漠、山峦的
铮铮儿郎
也还是
舞文弄墨
书写汉字的
教书匠

可是
眼前的戈壁滩
不光让我眼花迷乱
更是心驰神荡
"虚幻"得无歌可唱

蓦然抬头
焉支山撩开她神秘的面纱
含情脉脉
倩影朦胧
频频点头
抚慰着我
惊诧的目光
与燃烧的胸膛
……

看我气静神凝
焉支姑娘唤出
焉支山下四朵花
——她的使者与街坊

朴实大气的河南姑娘——
沙葱花——赵玲
这名字虽然简洁
还真如她自诩的
耐酷暑
傲冰雪
蔑风沙
张扬着生命的顽强
与青春的昂扬

憨实内秀的内蒙姑娘——荷花
有一个高洁的名字——任玉岑
实实在在地
散发着
出淤泥而不染
只可远观
不可亵玩焉的
莲花的
静放与清香

端庄大气的山东姑娘——君子兰
有着令人遐想的名字——李淑华
果然是
显现着

绿叶厚实壮阔
花朵鲜艳夺目的
高贵与安详

亭亭玉立的东北姑娘——月季花
有着可人的芳名——杨莉红
她偏爱着
四季开花的
月季花
畅想着
无尾有翼的
青春
与生命的欢唱

啊
西部花城
浪漫金昌

我曾深情歌唱的
焉支姑娘

从此
在我的心河里
在我的歌声里
将不时飘出
焉支山下四朵花的
不歇的芬芳

二〇一八年十月打腹稿于甘肃·金昌，二〇一九年三月十七

日完稿于四川成都

乡音乡情——听陈君海贤兰州快板

身在蜀中天府国
故乡情结几蹉跎
成都味道满腹果
心底乡思多咨嗟
"诗歌天地"拂春风
长空传来海贤歌
乡音乡情意切切
陇外游子望黄河

二〇一九年三月十八日晨 写于成都

七言诗·赠苏君胜才

三十年前识苏君
书生意气两相投
品茗啜酒说文字
互励共勉常聚首

我徙川蜀君守陇
一别十载成契阔
戊戌秋月再相逢
重将岁月复切蹉
日升月落西风烈

胜才昂首赋新歌
愿君诗书如长河
直入东海扬碧波

二〇一九年三月十九日晨　写于成都

七言诗·赠邵氏炳军

四十年前初识君
西北师大两相逢
英俊帅气笑声爽
秦声高歌《宝莲灯》
与吾唱和言心声
引得同窗笑饭喷
走出校门入社会
各奔东西无音信

岁月如歌转韵辙
研《诗》读经多成果
愿君意气常勃发
煌我中华诗长河

二〇一九年三月十九日晨　写于成都

巴人·罗君耀华赞

巴山巴人天府国
自古钟灵才俊多

马司相如复薛涛
谪仙太白诗成河
巴金陈毅郭沫若
老马识途流沙河

嘉州乐山罗玉华
"诗文天地"誉满箩
偶感风寒几不见
青白江里筹思索
巴人缀文秀奇葩
连成妙章文友乐
纵是雪峰腹墨少
言出肺腑赞婆娑

二〇一九年三月十九日下午　写于成都

戊戌腊八节赠三家集君

苑川虽干涸
人才济济流
永丰耀东君
笔耕不停休
文赋溢儒雅
书画飘灵秀
三家集一身
艺苑芳名留

二〇一九年三月十九日

自由诗·手术之歌

做了几十年教书匠
拿了半辈子粉笔

今天
我要暂时走下讲坛
姑且放下手中的粉笔
……
换上全套的手术服
自信地
笑着
步入手术室
……

为60后
为70后
割去浅露的
青春的尾巴

同时
为你们
植入
青春与生命的
鲜活的——翼羽

无须固定

也无须施麻

愉快地接受这
幸运而又幸福的手术吧

酥麻与快慰中
你们将生长出
青春的翅膀

鼓翅奋翼吧
向着生命的苍穹——翱翔

二〇一九年三月十九日晚　行吟于清水河畔

七言诗·赠郭君彦彪

己亥初春景色新
万物复苏花葳蕤
东西南北甘肃人
纷至沓来聚蓉城

郭氏彦彪初相逢
相见如故会心声
歌出心田情淳真
诗歌天地结缘分

德艺两嘉展才华
无愧雪域高原魂
愿君歌声飞九天

鼓翅奋翼搏苍穹

二〇一九年三月二十一日晨　写于成都

七言诗·云中的白马青骡

甘川山水两相依
陇士巴人一家亲
白马青骡出云中
诗歌天地景色新
骏马乘曦嘶长空
罗氏玉华复耀东
佳境胜景缘思德
笔走龙蛇有方堃
白云生处熠雪峰
岷江之畔弟呼兄
秉持第一本不易
兴元自是后来人
清清白白两分明
神驹领首遨太空

二〇一九年三月二十一日　写于成都

七言诗·水木年华，杜甫草堂

草堂春水流潺潺
诗歌圣地花烂漫

楠木葱茏耸碧空
修竹翠绿呈簇团
最是一年好时节
鸟语花香鱼跃翻
身在佳境胜景中
心曲幽幽情怡然

二〇一九年三月二十二日晨　写于杜甫草堂

七言诗·送杜君根存离蓉返兰

孟春时节雨纷纷
杜君离蓉返金城
不舍别情前相送
四目相视凝无声
正值锦官暖风吹
西北边地起沙尘
春来乍寒天多变
愿君保重多自珍

二〇一九年三月二十三日傍晚　写于成都火车站

无　　题

千载银杏
老根发新芽
盛年雪峰

笑意勃芳华

二〇一九年三月二十四日晨　写于杜甫草堂

七言诗·芙蓉花赞

一年一度绽芳华
百代千秋芙蓉花
冬春夏季静蓄势
八月秋爽披花甲

二〇一九年三月二十四日　写于成都

七言诗·说西部"风"情

驼蹄串串履戈壁
金戈铁马践大漠
雄浑无边少绿意
西域关山或明灭
南国春来百花开
北疆扬沙风肆虐
姑娘纱巾遮娇容
男儿埋首步难阔
河西黎民手相牵
人进沙退谱新歌

二〇一九年三月二十四日　写于成都

七言诗·自题四岁照兼咏怀

六十年前一憨儿
今朝花甲痴心汉
每自观照倍亲切
往事历历如昨天
少儿时节情淳真
不负总角幸福年
八岁入庠受启蒙
二九之秋品苦甘
青春岁月未虚度
心怀理想与明天
春回大地复高考
一举迈入大学园
如饥似渴勤发奋
腾飞人生翅膀添
而立之年心志坚
款登讲坛多自勉
不惑春秋赴京华
开阔视野天地宽
重返千里河西地
口传笔耕两肩担
秉承天命入川蜀
高歌不歇赋黎元
耳顺博闻更聪健
信步奋笔歌山川
回眸身后脚印串
挺胸昂首再向前

花甲循环从头越
航道金光正扬帆

二〇一九年三月二十五日　写于成都

五言诗·咏三叶草（一）

八月花香馨
九月正芳菲
冬季叶繁茂
春日果累累

二〇一九年早春　写于成都·浣花溪公园

五言诗·咏三叶草（二）

一茎生三叶
鼎立呈婀娜
碧叶泛翠绿
雪晕现玉镯

二〇一九年三月二十七日晨　吟于成都·浣花溪畔

七言诗·赞西藏林芝

青藏高原山巍峨

林芝秀峰色季拉
白云蓝天山裹素
碧桃绿柳菜花黄
大美林芝风光好
西南胜景甲天下

二〇一九年三月二十七日 写于成都

七言诗·梨花赞

春雨梨花一树娇
粉妆玉抹几妖娆
暖风吹过倩影摇
花叶婆娑香袅袅
不择富贵与贫贱
安然凭尔加赏褒
嘉树名花静无语
游客骚人意渺邈

二〇一九年春 写于四川仁寿第十六届梨花文化旅游节

五言诗·无题

风雨平乍起
雷电更交加
孤身会天意

教我试人心
激情烈如火
雨打衣襟湿
悲壮独奔突
不负男儿身

二〇〇六年七月八日凌晨　写于成都

七言诗·管弦琴瑟

陇上蜀中两弟兄
异地同路音乐人
丝管和谐意邈邈
武侯馆中乐纷纷

二〇一九年三月二十九日下午　写于成都市武侯区文化馆

七言诗·致陆君全仁

遥想四十六年前
中学同窗初识君
英俊少年品庄重
名如其人字涵凝
尔来春夏复秋冬
情义绵延多相问
君先为工后公安

情注陇原为黎民
我读诗书数十载
先生不弃教书翁
常忆当年在金城
牛肉面香记心中
愿君安享天伦乐
体健神安情融融

二〇一八年春打腹稿于兰州，二〇一九年春定稿于成都

七言诗·成都生活写意

四平八稳节奏匀
悠闲生活是蓉城
火锅浓香诱味蕾
麻将摩梭催耳聪
我在锦官街边行
恬淡情愫油然升
国泰民安逢盛世
万众笑意满面容
愿做蜀都一闲翁
不慕神仙居天穹

二〇一九年三月二十九日晚　行吟于成都街边

七言诗·遥寄匡文留

潇洒诗人缅甸游
异域风情眼底收
明朝归来诗囊沉
嘉章华辞心曲悠
愿君振翅腾青春
秉笔再将诗坛秀

二〇一九年三月三十日晨　写于成都

七言诗·题杜甫草堂浣花祠

草堂寺中浣花祠
肃穆静立逾千载
诗圣女杰共长存
同辉日月现风采
陇士翘首瞻雅祠
遥想任氏情徘徊
驻足凝眸细思忖
巾帼英雄眼前来

二〇一九年三月三十日晨　写于成都·杜甫草堂浣花祠内

七言排律·瞻杜甫草堂大雅堂

《诗经》三百开先河
屈平高唱骚体歌
现实浪漫大河流
矗立诗风山两座
太白长吟《蜀道难》
子美《三吏》复《三别》
东坡豪歌"大江"词
易安把酒"凄惨切"
我在大雅堂中坐
眼际先贤影婆娑
心驰神荡乱迷眼
飘飘摇摇涉诗河
中国诗歌三千年
长空灿烂熠星座

二〇一九年三月三十一日　写于成都·杜甫草堂大雅堂

七言诗·"雨""花""石"

春雨有情细缠绵
润得万物景色新
花开无言自芬芳
娇容俏姿饰乾坤
石有精魂天地生

静立不语亦可人
世上万般物品相
只在观者方寸心

　　　　二〇一九年四月一日晨　写于成都

七言诗·和杜工部诗《江村》

濯锦江水清幽幽
浣花溪畔风景秀
自去自来陇上客
高飞低徘水中鸥
贤妻巧手烹饭菜
淑女承业教学优
只缘国家供薪米
士子此外无所求

　　　　二〇一九年四月一日晨　吟于杜甫草堂

五律·和杜工部《春望》诗

国强山河秀
城春草木繁
感时花开颜
乐赋时代篇
春光连四季
网络全球传
白首可复黑

浑欲不胜欢

　　　　　　二〇一九年四月二日晨　写于成都

五言诗·遥寄匡文留

　　　　诗家游寰宇
　　　　靓女情沃沃
　　　　笑靥艳春色
　　　　倩影留佛国
　　　　去时意悠悠
　　　　归来收获多
　　　　时空任穿越
　　　　青春延辽阔

　　　　　　二〇一九年四月二日晨　写于成都

五绝·咏"七里香"花

　　　　花开三四月
　　　　香飘七八里
　　　　晶莹白如雪
　　　　碧叶绿漫弥

二〇一九年四月二日晨　写于成都·杜甫草堂一览亭畔

七绝·观银杏树偶感

千年银杏叶碧绿
逢春新枝意盎然
白首雪峰树旁立
笑靥心歌盛世年

二〇一九年四月二日晨　吟于杜甫草堂

七绝·观草堂银杏树有所思

嘉树果白叶青青
观者白姓号雪峰
清清白白树映人
人树合一草堂韵

二〇一九年四月二日

五律·题"雪峰诗文天地"三友照

军民鱼水情
汉藏一家亲
两个教书匠
一个带兵人
相约在草堂
花前留合影

诗文天地中
三人合成众

二〇一九年四月三日晨　写于杜甫草堂

七律·草堂行吟

身居蜀中十数载
年年岁岁浣花行
诗歌大道任我走
日日草堂谒诗圣
花草树木老相识
沧浪白鹭早结情
靓女新诗小径友
美髯识得白首翁

二〇一九年四月三日晨　吟于杜甫草堂

七言排律·蜀中生活掠影

我于2004年4月移居成都，至今已十有五年矣。其间执教于四川师大、西南财大……
回首已往，心有所感，故赋诗以记之。
——题记

记得当年初至蓉
人陌地生心朦胧
好山好水乱迷眼

麻辣鲜香味蕾充
移教天府高校园
育得桃李蜀连陇
冬去春来岁月增
渐行渐近融锦城
云中白马青骠群
东西南北甘肃人
浣花溪清流长韵
杜甫草堂结诗圣
吟风唱雅赋新篇
心旷情怡乐融融
诗歌天地景色新
东风浩荡扬帆行

二〇一九年四月三日下午　行吟于成都·青羊大道

七律·观雨后兰花偶感

一夜甘霖润天府
草堂花木沐春雨
兰花一株含苞放
玉蕾粉颜娇欲滴
陇士漫步幽径过
怦然心动不忍睹
花展丰姿应有时
惜时争春荡思绪

二〇一九年四月四日晨　行吟于杜甫草堂

七言排律·忆昔述怀

——写在与文留会晤之前

记得当年初识君
师大校园春意浓
河西男儿慢长成
金城才女正青春
闻听文留一席话
我心豁然荡层云
阔别二十又七载
一日三秋念故人
去岁赴兰拜尊颜
始知伊人早进京
幸得挚友详探寻
方与至交通音信
明朝乘龙赴京华
雪峰再度谒芳容
谈诗论文吟岁月
把酒临风话人生

二〇一九年四月五日下午　写于成都

七绝·朝发锦官城

朝披霞光辞天府
乘龙北上别锦城

风驰电掣心飞扬
神骋情荡层云生

二〇一九年四月六日晨　写于成都至北京高铁 350 次列车上

七绝·成都平原掠影

江河纵横天府国
阡陌交错大平原
山清水秀景色美
地灵人杰天碧蓝

二〇一九年四月六日晨　写于成都至北京高铁 350 次列车上

七绝·过江油戏吟

谪仙故里风光秀
太白出川济沧海
陇士入蜀恋山水
雪峰秉笔展心怀

二〇一九年四月六日晨　写于成都至北京高铁 350 次列车上

七绝·过秦岭

危乎高哉峻秦岭
千里嘉陵江水源

铁龙穿山又越峡
不复咨嗟蜀道难

二〇一九年四月六日　写于成都至北京高铁350次列车上

五绝·即兴咏怀

绿水映青山
江河灌平原
爱我大中华
士子咏四川

二〇一九年四月六日晨　写于成都至北京高铁350次列车上

七绝·咏西安

建朝立都十三代
古城大名曰长安
紫气东来西归安
千秋万载久灿烂

二〇一九年四月六日上午十时　写于成都至北京高铁350次列车上

七绝·川陕赞

秦川八百延天府

山水相连景烂漫

大美西部富庶地

中华文化漫灿烂

二〇一九年四月六日上午　写于成都至北京高铁 350 次列车上

七绝·畅想洛阳

神州华夏中原地

炎黄文明开纪元

东京洛阳牡丹城

九朝都会世界传

二〇一九年四月六日上午十一时　写于成都至北京高铁 350 次列车上

七绝·一路行歌

渐行渐远辞天府

风驰电掣向京都

望京宾馆作小憩

明朝故人契阔叙

二〇一九年四月六日午　写于成都至北京高铁 350 次列车上

七言排律·一路行歌赞

泱泱中华疆域阔
东海西藏海岸长
河南河北两相连
山复东西势雄壮
九州名都号北京
天地双安门正阳
故宫文化蕴宝藏
鸟巢构建美名扬
莫道当今世界殊
东风渐强国运昌
喜看人民十四亿
笑逐颜开唱太阳

二〇一九年四月六日下午一时 写于成都至北京高铁350次列车上

七绝·啜酒戏吟

铁龙飞越五省区
风驰电掣七时许
雪峰啜酒一两五
此物入腹诗汩汩

二〇一九年四月六日下午 写于成都至北京高铁350次列车上

夜宿望京酒店

故地重游思绪翻
遥想二十二年前
应邀前往云之南
千山万水满心间
友人北唤赴京都
同耕共耘桃李园
望京酒店洗征尘
往事如烟浮眼前
今朝北京艳阳天
故人重逢话诗篇

二〇一九年四月七日晨　写于北京望京酒店

七律·驿馆述怀

故友重逢叙契阔
开怀畅饮赋诗阕
今朝酒醒望京地
始觉情急忘酬谢
京华才女崇礼节
蓉城痴男放豪歌
诗史词坛留佳话
易安神交苏东坡

二〇一九年四月八日晨　写于北京望京酒店

七律·乘马京华

奉命受谴杜工部
乘龙北上赴京都
闻听子美遥相知
才女幽情诗汩汩
他日驮回诗三千
草堂寺里禀杜甫
不负诗圣嘱托意
雪峰回首长歌赋

二〇一九年四月八日晨　写于北京望京酒店

七绝·题清华园"荷塘月色"

百年荷塘世传诵
代代月色各不同
塘中无荷水自清
美文留世映朱门

二〇一九年四月八日上午　写于清华大学清华园"荷塘月色"

七绝·题北京大学门前照

名都北京有大学
百年名校育俊才
雪峰南来探古幽
秉笔赋诗潜心怀

二〇一九年四月八日上午　写于北京大学

七律·咏"南腔北调"

久居蜀地闻川音
多年不曾听北声
南国幺妹声婉转
拿腔捏调如鸟鸣
京华男子嗓门亮
字正腔圆弄舌音
中国文化历史悠
语言文字色缤纷

二〇一九年四月八日下午　写于北京望京酒店

七律·文留文立会雪峰

诗家丽人俩姐妹

京华三月会雪峰
姊俏留诗三千篇
妹妹小说大家风
秉笔停书赏元春
三人把酒话乾坤
留兮立兮匡氏嫒
祁连雪峰睹芳容

二〇一九年四月八日下午　写于北京凯德

七律·诗说匡文立

京华才女匡文立
小说大家男儿风
质蕴慈母杨萼秀
气承文豪鲁迅神
随意人生目光睿
语惊四座震雪峰
今朝重会姝嫒面
秉元不虚京都行

二〇一九年四月八日晚　写于北京

七律·辞别北京

望京胜地三四日
文留两度会故人

今夕暂别名大都
秉元初次东北行
白山黑水诚相邀
祁连雪峰乘东风
南来北往任穿梭
不负豪歌男儿身

二〇一九年四月九日晨　写于北京

七律·雨天即景述怀兼致匡文留

今朝京城雨纷纷
似吟挚友暂别情
缓启窗幔望楼外
若现丽人文留影
春雨淅沥无歇意
雪峰幽心赋诗文
待得他日再相会
把盏两视话重逢

二〇一九年四月九日晨　写于北京

七律·京城遥禀杜工部兼致匡文留

奉命受谴赴京都
谒得才女匡文留
闻听诗圣致问候

伊人遥拜频顿首
三日两聚赞子美
神驰情骋大唐游
待到雪峰回天府
嘉章三千草堂留

　　　　二〇一九年四月九日上午　写于北京

七绝·致雪峰诗文天地众群友文友

今朝遥禀杜工部
奉命受谴暂不归
白山黑水诚相邀
雪峰乘风东北行

　　　　二〇一九年四月九日下午　写于北京

四言诗·遥致樊君三林

我有挚友
樊氏三林
自幼睦邻
延衍至今
樊翁重德
齐氏崇亲
族衍四男
名各曰林

长兄率首
至孝双亲
三弟孝悌
乡里闻名
与吾相知
诚邀大庆
未行先思
忆昔抚今

二〇一九年四月九日下午　写于北京

七律·吟东北平原

松辽平原冠辽阔
白山黑水名古播
当年倭寇践铁蹄
关东大地烧战火
国大势弱无奈何
黎元泣血唱悲歌
当今中华国运昌
强国梦歌响山河

二〇一九年四月十日晨　吟于北京至齐齐哈尔 T47 次列车上

五律·咏大庆

中国有油都

美名曰大庆
地广风光秀
天蓝水碧澄
富庶冠东北
助飞中国梦
雪峰南来游
赋诗言心声

二〇一九年四月十日　写于大庆

七律·铁人赞

大名鼎鼎王进喜
中国石油钢铁人
贫油帽子扔大洋
豪言壮语惊地魂
玉门大庆一路行
工业标杆大旗擎
陇土注目纪念馆
天空碧蓝映雪峰

二〇一九年四月十日上午　写于油都大庆铁人王进喜纪念馆

四言诗·大庆赞

东北有城
名曰大庆

中国油都
世界闻名
百湖润城
天蓝水清
城在水中
水在城中
人与自然
和谐共生
美哉大庆
风和景明

二〇一九年四月十一日晨　写于大庆

七律·从北京至大庆

铁龙乘风驰东北
飞越北国六省城
海港天津山海关
松辽平原连苍穹
白山黑水北国风
引人神往有长春
百湖名城曰大庆
驰名中外世称颂

二〇一九年四月十一日　写于大庆

七绝·由大庆往五大连池

壮兮阔兮天连地
大哉美兮松辽原
北国风光入眼来
天府蜀士赋心篇

二〇一九年四月十二日晨心　吟于大庆红旗水库

七绝·遥致匡文留

当年君搂黄河吟
今朝我吻黑土地
陇上诗友遥相应
笔书山河大写意

二〇一九年四月十二日晨　写于黑龙江五大连池

沁园春·东北漫吟

东北形胜
林海茫茫
四江波涛
望白山黑水
天地邈邈
沃野万顷

地肥物饶
五大连池
八荒无际
举世闻名秧歌谣
须冬日
看冰天雪地
银光闪耀
山河如此广袤
引祁连雪峰久首翘
有陇士蜀客
乘风驾云
白首彤颜
万里迢迢
神驰心荡
敞怀纳风
亲吻黑土心旌摇
噫吁嚱
幸文不加点
了美遥招

二〇一九年四月十三日凌晨 写于黑龙江五大连池

七律·游五大连池

久有问鼎莽原志
蓄意半生蕴心怀
己亥季春天酬愿
乘风踩云天府来
苍穹无际白云生

大地有涯入神斋
骋目四眺口舌结
乾坤八顾天地开

二〇一九年四月十三日心吟于五大连池，次日晨笔书于大庆

七绝·白龙入海

遥闻玉女琴声幽
白龙出洞向天琼
昨日幸会众仙女
今朝潜入水龙宫

二〇一九年四月十四日晨　写于大庆红旗水库大堤

七言排律·放歌五大连池

仰天踩地唱寥阔
惊叹鬼斧神工作
火龙腾空骇莽原
老黑山口涌熔波
飞雷翻花流结构
热浪射天动地阕
距今不足三百年
休眠静待阅游客
玄武岩海层叠叠
石寨壁垒壮山河

阅尽沧桑赋山河
而今凝声叹蹉跎

二〇一九年四月十四日　写于大庆

七律·红湖风水

嫩江水注大庆地
莽原东风扬碧波
渺邈浩瀚接天际
风呼水啸合心辙
天湛水蓝迷人眼
百湖银熠风婆娑
胸纳红湖千层浪
神驰九天飞银河

二〇一九年四月十四日上午心吟于大庆红湖堤岸，次日晨笔书于友人三林家

七律·五大连池仙女宫呓语

九天琼阁遥相闻
鸾凤引领近仙宫
向前施礼身曲躬
轻言细语谨呈禀
诗精文魂匡文留
身心安泰居北京

闻听才女歌悠悠
仙姝笑意绽玉容

二〇一九年四月十三日心吟于五大连池仙女宫,次日晨笔书于齐齐哈尔至北京 Z84 次列车上

五绝·咏明月

我心升明月
明月在我心
清风沐月明
明月映雪峰

二〇一九年四月十五日　于大庆心吟明月兼答晨光熹微问

五言排律·惜别东北

眼收莽原景
心纳林海风
足迹印三江
歌声入苍穹
情注黑土地
神融长白峰
从此大东北
识得白首翁
今将暂别去
来日再相逢

临风赋长啸
蜀士归锦城

二〇一九年四月十五日下午　诗别东北于大庆

七言排律·诗别樊君三林

五家大院双院士
非宗非族两弟兄
西南东北相聚首
谈天说地会心神
樊君劳神又费力
不惜钱财酬故人
衣食住行一条龙
倾心款待胜宗亲
三林大爱印莽原
白氏白首白承爱
人海茫茫觅知己
胜地大庆喜相逢
东北之旅圆夙愿
雪峰人生实填空

二〇一九年四月十五日晚　心吟于齐齐哈尔至北京 Z84 次列车上

七言排律·诗演"三老四严"

老夫初发少年狂
遨游万里赋诗忙
老当益壮身心健
东西南北任驰荡
老骥奋蹄骋莽原
松辽风光纳胸膛
严怀陇子蜀士情
诗文人生赋篇章
严格书写中华字
春夏秋冬岁月长
严辙思维双轨制
逻辑形象两浩荡
严思合风歌自然
海阔天空任飞翔

二〇一九年四月十六日下午 写于北京

七律·白首翁,黑土地

双脚才离黑土地
东北风情萦心怀
不是蜀士多恋情
只缘三江浪翻徘
甘人姓白复白首

黑白两分艳色彩
林海莽莽碧波荡
松辽平原秧歌爽
步步回首频遥望
诗情画意荡心房
明朝再谒大东北
开怀放歌九天外
美哉大哉北大仓
助力中华国势强

二〇一九年四月十六日晚　写于北京

七绝·咏文留之"穿越"

诗家丽人匡文留
神驰情骋身穿越
广邈时空任翱翔
倩影绰约多婆娑

二〇一九年四月十六日夜　写于北京

七律·与文留话别

故人京都叙契阔
三聚一别话沧桑
二十七年岁月长
把酒相视诉衷肠
诗精文魂通心垫

嘉章华篇情浩荡
与君同饮杯中酒
共祝青春沐芬芳

二〇一九年四月十七日夜　写于北京

七言排律·离京回川

京华松辽半月游
北国风光眼底收
文友乡亲长相忆
推杯交盏情悠悠
今朝赋诗暂将别
回首频频意切切
草堂寺中禀诗圣
武侯馆里会乐友
白马青骡再聚首
浣花溪畔放歌喉
清河水碧波光闪
雪峰行吟意赳赳

二〇一九年四月十八日晨　写于北京

七律·从北京至成都

蜀士乘风离京都
满眼风光入眼来

阡陌纵横地辽阔
白杨绿柳排连排
青山绿水在眼前
天府锦城润心怀
今日告别北国地
明朝健步吟豪迈

二〇一九年四月十八日上午　写于北京西至重庆西高铁 571 次列车上

七律·诗忆与文留当年同在西北师大岁月

遥忆当年师大园
妙龄女郎惹人怜
靓妆倩影秀风景
华文丽诗黄河边
同窗帅哥暗叹怸
欲向九天借虎胆
不因才女傲众男
唯恐琼宇不胜寒

二〇一九年四月十八日午心　吟于北京西至重庆西高铁 571 次列车上

七绝·中国高铁赞

风驰电掣一路行

朝发夕至返锦城
中国高铁惊世界
助飞华夏中国梦

二〇一九年四月十八日下午　心吟于北京西至重庆西高铁571次列车上

七绝·高铁列车车窗凭眺

群山重重绿意葱
大地莽莽景色新
窗外画卷层叠叠
车内士子驰心神

二〇一九年四月十八日下午　写于北京西至重庆西高铁571次列车上

五律·高铁车窗远眺华山兼咏怀

西岳有峻岭
伟名曰华山
耸立云天外
险名绝人寰
争雄天下峰
傲首向九天
雪峰遥仰望
不止赋心言

二〇一九年四月十八日下午　写于北京西至重庆西高铁571次列车上

四言诗·乘风归来

暂别天府
扶摇北上
十又三日
遨游酣畅
乘风万里
赋诗吟唱
今日归来
新辞六章
揖首秦岭
神归草堂
清水河碧
浣花韵长

二〇一九年四月十八日下午　写于北京西至重庆西高铁571次列车上

七律·草堂回禀

奉命受遣杜工部
乘马揣书赴京都
竭得才女论诗文
驮回华章整六部

回禀子美兼易安
大雅堂前趋恭步
回眸北国好风光
情归川蜀唱天府

二〇一九年四月十九日晨　写于成都

七绝·辞春迎夏

谨禀诗圣完美差
北游归来赴草堂
己亥谷雨响春雷
蜀士辞春着夏装

二〇一九年四月二十日晨　写于成都·杜甫草堂

七律·观晨光熹微君三年前游西安秦1号大墓视频有感

春秋三载转瞬间
马君光熹游长安
面对秦皇大墓坑
唏嘘不断叹千年
遥想始皇当年痴
企求不老寻炼丹

沧海桑田任变迁
以仁为本养天年

二〇一九年四月二十日　写于成都

踏莎行·词别文留

望京繁华
金鼎轩阔
辞酒味醇情切切
别意渐近语渐切
千叮万咛共嘱托
刚男柔女
诗人墨客
唐诗宋词尽切磋
杯中酒尽是别离
京都天府两唱和

二〇一九年四月十七日中午心吟于望京凯德金鼎轩，四月二十日下午笔书于成都·雪峰诗斋

水调歌头·华北东北行吟

久有北上意
乘风赴京都
跨越六大省域
风光满心腹

京华繁荣昌盛
遍城杨花柳絮
莺鸣燕歌舞
心生自豪感
国强民富足
驰大庆
骋松辽
神翼鼓
百年石油
启奏中国双梦曲
嫩江浪波滚滚
五大连池崔嵬
北国山河殊
蜀士赋长歌
东方红日出

二〇一九年四月六日至十六日心吟于北游途中,四月二十日下午笔书于成都·雪峰诗斋

七绝·草堂心吟

短别诗圣近两旬
草堂花繁水更清
北游归来临沧浪
圣地阔轩会故人

二〇一九年四月二十一日晨　写于杜甫草堂

五言排律·答晨光熹微君问

我本陇中士
自幼爱诗文
行路六十载
书海四季春
移居天府国
子美与我邻
天天入草堂
日日谒诗圣
耳濡复目染
风雅润我心
行吟更长赋
不负锦官城

二〇一九年四月二十一日上午　写于成都·雪峰诗斋

七律·致马君晨光熹微先生

云中白马青骡群
东西南北任驰骋
雪峰北游方归来
罗君西藏待回蓉
群首马氏光熹君
坐观云腾漫苍穹
人间胜地天府国
锦城舞文弄墨人

二〇一九年四月二十一日上午　写于成都·雪峰诗斋

长相思·北游回眸

白山莽黑水长
望京胜地诗意荡
言志咏言畅
百湖城
嫩江浪
五大连池松辽广
北风纳胸膛

二〇一九年四月二十二日晨　写于成都·雪峰诗斋

卜算子·咏杜甫草堂

锦官城西南
浣花溪水畔
千年茅屋诗圣地
美名传人寰
韵流入江河
诗情耸蜀山
风雅万代薪火传
少陵展笑颜

二〇一九年四月二十二日晨　写于杜甫草堂

七律·咏匡文留

　　黄河女儿匡文留
　　身居京都望陇原
　　诗精文魂萦故乡
　　倩影华章耸祁连
　　搂定黄河赋长歌
　　陇东河西情漫漫
　　我在天府望北京
　　心生敬慕仰首赞

二〇一九年四月二十二日　写于成都·雪峰诗斋

七绝·望蓝天白云

　　雪峰诗斋赋诗篇
　　楼外白云映蓝天
　　花团锦簇天府国
　　白首士子心灿然

二〇一九年四月二十二日下午　写于成都·雪峰诗斋

菩萨蛮·忆望京兼怀文留

　　望京胜地三月天

诗友故人相见欢
忆昔更抚今
侃侃话时空
意切情依依
鼓翅复奋翼
青春扬歌声
心曲和春风

二〇一九年四月二十二日　写于成都·雪峰诗斋

七绝·浣花溪沧浪湖即景偶得

沧浪湖水静无声
碧草青青春色明
两只绒鸭卧草丛
凝眸相偎情融融

二〇一九年四月二十二日晨　写于成都·浣花溪沧浪湖畔

七绝·水草花石吟

浣花溪水清悠悠
河边青草绿葱葱
雅石不语迎游人
娇花无言沐春风

二〇一九年四月二十三日晨　写于浣花溪畔

七绝·与天吉师长结伴同行偶得

川将陇士俩弟兄
天天结伴浣花行
牵手助推中国梦
草堂阔轩说乾坤

二〇一九年四月二十三日晨写于杜甫草堂

五绝——行吟呓语

皓首彤面人
天天浣花行
心情两怡然
短歌言心声

二〇一九年四月二十三日晨　写于杜甫草堂

七绝·怡然戏言

皓首彤面趋圣地
虎斑猫咪迈堂步
子美端坐细打量
痴人原为风雅士

二〇一九年四月二十三日晨　写于杜甫草堂

七言排律·赞樊君三林

黄河骄子甘肃人
铮铮男儿樊三林
风华二十赴东北
脚踏黑土石油城
情注三江松辽原
志砺大庆四九春
栉风沐雨吟春秋
铸就中国石化魂
天道酬勤满夙愿
终成油都中坚人
西北乡亲天府来
心旌摇荡仰精诚
工业精神民族魂
陇原儿女踏歌行

二〇一九年四月二十三日夜心吟于成都·武侯大道，次日晨笔书于雪峰诗斋

七绝·游学归来

游学壮歌万里行
长歌短篇山河吟

归来草堂寺里坐
黄四娘家品香茗

二〇一九年四月二十四日晨　写于杜甫草堂

念奴娇·游学壮歌行

乘风驾云
北国游
万里风光锦绣
望京胜地
会故人
诗家文豪聚首
匡氏姐妹
曰留曰立
语出惊老友
金鼎轩内
引得众客翘首
百湖油城樊公
朴拙诚相邀
驾车前迎
遍游大庆
东北风
飒飒松辽呼啸
陇人蜀士
游学壮歌行
神驰心荡
缀词遥招手

二〇一九年四月二十五日晨　写于成都·雪峰诗斋

七绝·草堂访唐女

晨游草堂遇唐女
近前施礼石上坐
女士羡我逢盛世
提笔辙韵赋新歌

二〇一九年四月二十七日晨　写于杜甫草堂

七绝·咏芙蓉树

浣花四月芙蓉叶
随风摇曳呈婀娜
待到秋来八九月
蓉城花开舞婆娑

二〇一九年四月二十七日晨　写于浣花溪畔

西江月·信马由缰

纵马驰神骋情
释缰任凭奔腾
日月山川入胸襟

满眼风光胜景
信马春夏秋冬
闲观苍穹太空
云蒸霞蔚现氤氲
万千气象恢宏

二〇一九年四月二十八日晨　写于成都·雪峰诗斋

七言排律·咏红军长征兼致邓天吉师长

中国工农子弟军
高擎红旗远长征
心怀理想克万难
星火燎原燃熊熊
雪山低头祈平安
草滩泥潭远相迎
金沙浪高向云天
大渡桥头刻英名
地球飘动红丝带
惊天动地泣鬼神

二〇一九年四月二十九日晨　写于成都·雪峰诗斋

（注：邓天吉为原西藏军区某师副师长。）

七绝·寻槐花不遇

草堂翠竹郁葱葱
银杏楠木向天耸

时有槐花香袭人
但闻芬芳难觅影

二〇一九年四月二十九日晨　写于杜甫草堂

长相思·竹叶青

平常心
竹叶青
碧绿清香味甘醇
形如竹叶葱
想当年
朱老总
登临青城品贡茗
心语话乾坤

二〇一九年四月二十九日上午　写于成都·雪峰诗斋

七言排律·咏玉兰树

嘉树芳名曰玉兰
风姿冠艳更绰约
二月豆蔻绽花蕾
三月怒放竞婀娜
世人争相睹芳容
怜花惜春多咨嗟
花自开放笑春风

四月五月叶硕硕
经春历夏蕴葳蕤
秋收冬藏精魂渥
四季蓬勃郁葱葱
沐雨梳风盈岁月
我慕伊树十多载
心歌无言称啧啧

二〇一九年四月三十日晨　写于成都·雪峰诗斋

七律·咏草堂银杏

草堂千年银杏树
迎春送冬岁月长
春来华发绿如碧
秋日金叶白果香
阅朝历代伴日月
栉风沐雨睹沧桑
诗圣嘉树两相映
韵流浣花昭天光

二〇一九年四月三十日晨　写于杜甫草堂

南乡子·览匡文留诗有感

今诗谁领袖
嘉章三千匡文留
日月山川笔底走
悠悠

黄河东去滚滚流

逍遥吟春秋
安居京华歌不休
中国诗歌三千年
奇偶
巾帼丽人风采秀

二〇一九年五月一日晨　写于成都·雪峰诗斋

临江仙·咏都江堰

岷江滚滚涌湔堋
雪浪翻飞奔腾
玉垒入云耸峥嵘
峙西岭高峰

蜀郡李冰降水龙
泽惠川蜀黎民
水旱从人天府荣
浇灌大平原
大江内外分

二〇一九年五月一日晨　写于雪峰诗斋

七律·咏乐山大佛

大佛巍峨祐嘉州

惯看波涛水悠悠
昂首凌云神安详
目纳三江脚下流
川蜀江河千万条
乐山三江占鳌头
江流东去归大海
佛法西来融神州

二〇一九年五月一日　写于成都·雪峰诗斋

七绝·咏峨眉山

云鬟凝翠叠峰峦
鬓黛遥妆延蝾首
金顶佛光映云海
不虚芳名天下秀

二〇一九年五月二日晨　写于成都·雪峰诗斋

浣溪沙·浣花行吟

一步一景绿色浓
情随景生润方寸
春雨沁心无纤尘

健步漫行过树丛
微风轻拂碧树影

穿越石空吟乾坤

二〇一九年五月二日晨　行吟于浣花溪

鹊桥仙·咏青城山

佐命西岳
宝仙九室
三十六峰环列
周回逶迤二千里
一百八景状城郭

丹梯接云
幽冠天下
翠掩月城湖洁
静对都江东逝水
遥熠岷山西岭雪

二〇一九年五月二日　写于成都·雪峰诗斋

我在五月歌唱

歌唱
我在五月歌唱

我歌唱日月山川
歌唱清新的春光

歌唱五月的鲜花
与花鲜的五月

我在五月歌唱

我歌唱自己
歌唱生命
歌唱自己的生命
歌唱生命的芬芳

我在五月歌唱

歌唱年轻的中国
歌唱年轻的中国新诗
歌唱用年轻的生命
谱写中国新诗的
年轻的诗人

歌唱
我在五月歌唱

二〇一九年五月三日晨　写于成都·雪峰诗斋

七绝·诗歌大道行吟

诗歌大道健步行
先朝诗杰喜相迎
中国诗歌三千年

薪火相传有来人

二〇一九年五月三日晨　行吟于浣花溪公园中国诗歌大道

清平乐·五四运动一百年

东方狮醒
吼声震九州
外争内除图自强
风起云涌新歌讴

百年奋争国渐强
屹立世界东方
喜看今日中国
航船迎风浩荡

二〇一九年五月四日晨　写于成都·雪峰诗斋

七律·神会"三曹""三苏"

峨冠博带大红袍
陇人蜀士会三曹
神纳汉魏晋风骨
情逸先贤游逍遥
会罢三曹谒三苏
秉承诗风词韵犒
心驰汉魏逮唐宋

元气久凝释今朝

二〇一九年五月四日晨　写于中国诗歌大道杜甫草堂门前

七绝·题邓天吉师长古装照

　　将军身着士子服
　　兵书韬略腹中藏
　　笑看盛世国太平
　　胸升祥云国歌唱

二〇一九年五月四日晨　写于中国诗歌大道杜甫草堂门前

七言排律·答初唐四杰问

　　会罢三曹谒三苏
　　初唐四杰遥相呼
　　闻唤近前施礼数
　　恭听先哲点拨语

　　观尔思聪才敏捷
　　述文缀词诗汩汩
　　大唐诗杰不胜数
　　缘何偏情重杜甫

　　听罢诚惶复诚恐
　　作揖领首近趋步

只缘子美早有约
暂别青藏入天府
比邻草堂诗圣地
春夏秋冬共相处
同饮岷江清波水
共眺西岭雪飞舞
工部命我勤耕作
不负浣花流韵古

四杰闻禀齐点头
言我精诚愿祐护

二〇一九年五月四日夜心吟于诗歌大道，次日笔书于成都·雪峰诗斋

七绝·临水眺楼

春雨如酥润天府
花繁树茂绽新绿
临水眺楼细思忖
神清气爽会杜甫

二〇一九年五月五日晨　心吟于杜甫草堂

五绝·风调雨顺

春雨无歇意

夏风如期至
百花次第放
树木着盛装

二〇一九年五月六日晨　写于成都·雪峰诗斋

述怀——和陈子昂《登幽州台歌》

品人间烟火
赏天上宫阙
述喜怒哀乐情
书日月山川歌

二〇一九年五月六日晨　行吟于中国诗歌大道唐代诗人陈子昂雕像前

七律·闻乌鸫鸟鸣而作

婉转清脆鸣有时
抑扬顿挫唱四季
身形流线体优雅
黄喙眼圈镶金丝
声发自然无雕饰
真如国诗句演绎
静听嘉鸟和鸣曲
心疼赋诗枉得意

二〇一九年五月七日　写于成都·雪峰诗斋

七绝·吟浣花溪雨后初晴

雨后天晴沧浪湖
金光照耀穿碧树
蓝天白云映水中
稚童骑牛鸣笛竹

二〇一九年五月八日晨　吟于浣花溪沧浪湖畔

七绝·三道堰会英萃

永安桥头会英萃
三道堰畔品香茗
蜀人陇士话肺腑
最美乡村论诗文

二〇一九年五月十日　写于成都市郫都区三道堰

七言诗·与王成君诗"摆龙门阵"

日奔东西事业忙
夜来神定入梦乡
万马千军云中来
青丝四散向沧海

今朝微睁惺忪眼
始觉雪峰笑天外

二〇一九年五月十一日　写于成都·雪峰诗斋

七律·油菜赞

春雨沐成天然画
遍地金黄飘清香
夏风吹拂碧波荡
喜看农夫收割忙
阡陌铺排泛金光
最美乡村绘画廊
川西平原天府国
成都味道传八方

二〇一九年五月十一日　写于成都·雪峰诗斋

五绝·咏文留重登白帝城

久有凌云志
心腾生双翼
重登白帝城
临江抒胸臆

二〇一九年五月十一日　写于成都·雪峰诗斋

七绝·咏文留畅游三峡

　　两岸山峰立峭壁
　　夔门洞开碧波来
　　大江东去无归意
　　丽人心驰云天外

　　二〇一九年五月十一日　写于成都·雪峰诗斋

五律·咏文留晨宁重庆相会

　　两门三代人，
　　陇上一家亲。
　　姓氏虽有别，
　　诗魂两相承。
　　淑女拜诗姑，
　　山水共作证。
　　身居南北地，
　　至情结同心。

　　二〇一九年五月十三日　写于成都·雪峰诗斋

七绝——观荷叶偶得

　　碧叶亭亭远尘埃

绒鸭结伴荡水波
绿水静谧映日晖
白首痴人石上坐

二〇一九年五月十七日晨　写于浣花溪浣花桥畔

七律·石人篇

静观日升复月落
栉风沐雨矗水边
实心实意纳乾坤
经冬历夏无片言
幽石不语任评说
痴人喋喋吟诗篇
石人契合归自然
缄口挥笔两不厌

二〇一九年五月十七日晨　吟于杜甫草堂

七绝·致友人

潜形凝声闭心扉，引得蜀中频地震。
身返河西饮北风，祈祝天府多安宁。

二〇一九年七月十日　于甘肃·河西雪峰文学创作基地

七言诗·金昌植物园故人相聚

渠水清清流淙淙，树碧花妍绿满园。
故人相邀品香茗，笑声阵阵话昨天。

二〇一九年七月十一日　于河西·雪峰诗文创作基地

七言诗·金昌生活写意

昨夜故人再聚首，说诗论文笑声频。
今朝乐友诚相邀，管弦纷纷和谐鸣。
自古陇上多才俊，久别归来耳目新。
西部花城今胜昔，浪漫金昌美声名。

二〇一九年七月十二日　于河西·雪峰文学创作基地

与壶互装（自由诗）

昨天，在茶具柜中
不经意地看见了你
——绿色的军用水壶
于是
我近来沉静的心
无论如何也无法沉静了
……

你唤起了我——
　几乎完全的
　淡忘渐忘和全忘
　　两天来
　我记忆的浪花
　　不歇地奔腾
　　不歇地翻飞
　　　……
　　　那年
　　就是那年
　你我相逢相遇
　"壶"我合一
在《诗经》《楚辞》的韵律中
在唐诗、宋词的旋律中
　一起东归西折
　　北上南下
　　　……
　　　从此
你装进了我的青春岁月
装进了我的奋争的歌……
　几十年过去了
　　太阳依旧
　　月亮依旧
　　　你依旧
　　　我也依旧
　山川不再依旧
　或承恩绿化
　或遭受崩塌或采挖
　河流不再依旧

或干涸
或被污染
抑或被截流改道
只是
也的确只是
太阳依旧
月亮依旧
你依旧
我也依旧
这样便好
这样很好
这样更好
你不光装进了我的青春岁月
还装进了太阳和月亮
装进了山川河流
而今
我要将你装入我的心里
把你容装于心
我的心中
便有了永久的
太阳月亮
和永久的
山川河流
……
与"壶"互装
"壶"我合一
——我能不惬意吗
我能不得意吗
我能不快意吗

二〇一九年七月十三日　于河西·雪峰文学创作基地

午夜"壶"语(自由诗)

当一介书生身背军用水壶的时候
　　书生便不再文弱
　　他要走出书斋
　　　……
　　书生出征了
　　　……
　　书生的脚下
　　没有坎坷
　　没有崎岖
　　没有险阻
绿色的军用水壶中
除水而外
满盛着一个西部汉子的不屈的灵魂
满盛着他卓尔不群的主义和思想
　　于是
　　这只壶不再普通了
　　更不再渺小了
　　　……
壶把书生连同他的躯体和灵魂
　　他的主义和思想
　　一起收纳其中
　　便名副其实地
　　有容乃大了……
　　书生把壶装入心中
　　便顺理成章地

"有容"且"乃大"了

......

当一介书生身背军用水壶的时候

他不仅仅是书生了

也不仅是"士"了

有这样的主人

有这样的同志和战友

我知足了……

二〇一九年七月十三日夜　于河西·雪峰文学创作基地

夏日"壶"语（自由诗）

亲爱的主人

我的同志

我的战友

作为一只器皿

一件物品

我是幸运的

也是自豪的

三十六年前

你招我入列

跟随你前行的脚步

一路栉风沐雨

披荆斩棘

东归西折

北上南下

榆中县城

是我们出征的起始地
　　甘南陇南
　　大夏河畔
　　白龙江边
　　两水河岸
　是我们的兵站
　　完尕滩
　　野狐弯
　　分水岭
　　大草滩
　　……
　是我们进军的路线
　十五个月的日日夜夜
　我们一起聆听着
　　黄河的波涛声
　　洮河冰凌的撞击声
　　和草原的风声
　　……
　　亲爱的主人
　　正如你所言
　　我的腹腔里
　装进了太阳月亮
　装进了山川河流
装进了你的躯体和灵魂
　我因此而充实
你将我装入你的心中
这正是我梦寐以求的
　　我热望着
　再次随你出征

更奢望
永远随你出征
……

二〇一九年七月十四日　于河西·雪峰文学创作基地

七言诗·金川公园邂逅故人偶感

我自天府返河西,故地旧友偶相逢。
笑忆当年话往昔,凝视端详倍觉亲。
二十二年转瞬间,世事变迁多晨昏。
斗转星移春复夏,人间最贵是真情。

二〇一九年七月十四日　于河西·雪峰文学创作基地

五言排律·金川逢谷隆山

古浪有奇男,姓谷名隆山。
执教数十载,步入花甲年。
款款下讲坛,转身把装换。
书生变骑士,不负男儿愿。
浩然跨铁骑,驰行南北间。
畅游华夏地,饱览好河山。
契阔二十载,刮目重相看。
愿君身心健,怡然养天年。

二〇一九年七月十五日　于河西·雪峰文学创作基地

五绝·无题

静卧观闲云,闭目闻鸟鸣。
户外秋色浓,羡煞榻上人。

二〇一九年八月　记于甘肃·金昌

五绝·戈壁喜雨

秋雨润戈壁,花城草木新。
焉支染黛色,祁连披葱茏。

二〇一九年八月十三日晨　于祁连山北麓

五言诗·起身复出歌

榻上一整月,时移两季节。
夏去秋复至,日升代月落。
缓步至楼外,踏歌吟蹉跎。
举目望天宇,劲鸽振翅过。
白杨向天笸,昂首凝岁月。

二〇一九年八月十四日晨　于甘肃·金昌

缓步浅吟赋

天山北麓,雪峰穆然养元气;焉支山下,士子平心观秋色。
戈壁绿洲,文不加点稍停息;大河西岸,痴人凝神望日月。
九曲桥上,思接千载念昆仑;八卦亭前,视通万里赋山河。
噫吁嚱!
秉笃天道,屏声凝息守元神;把持初心,天人合一望雪峰。

二〇一九年八月二十日　于甘肃·金昌金川公园

啊,金川河(自由诗)

波光粼粼
浪花朵朵
穿山越峡
一路欢歌
……
你从祁连峰巅走来
流淌着冰川的精魂
涌动着雪山的热情
激荡着草原的绿韵
……
宛若轻柔的纯丝玉绢
缠绕在焉支的腰间
又恰似甘甜的琼浆
浸戈壁

润镍城
灌花海……
　岁月经年
　沧海桑田
　涓涓淙淙
　昼夜不舍
　翻卷的浪花
涤濯清一个个古老的地名
　——黑风口
　尾矿坝
　马家崖
　……
　啊，金川河
　有了你
　才有了——
　金水湖的浩渺碧波
　龙首西湖的秀丽婀娜
　更有玫瑰谷的芬芳
　植物园的姹紫嫣红
　绿草茵茵
　万亩花海紫金花的
　　花香飘荡
　和西部花城的
　　多姿摇曳
　更有金川人
　无尽的遐想
　和心中的歌
　　……

二〇一九年八月二十二日　于甘肃·金昌

焉支山语（自由诗）

山人，你好
之所以这样称呼
是因为三十四年来
无论是驻守本地
抑或是身居他乡
你总是不时地把我凝望
长久地念想
遥想当年
不满十八岁的你
跋涉在青藏高原时
我就看见了你的身影
——那时的你
着实刚毅俊朗
三十四年前
你携妇将雏
在我族系的龙首山下
成为我的近邻
从那时起
你我就同处共生了
还是从那时起
青藏高原深情又肃穆地嘱托我
把你守望
……
斗转星移
日升月落

我依然是我
任凭白云从我头顶飘过
在我蜿蜒起伏的身躯里
装填了一个
——铮铮儿郎
……
岁月经年
原来的英俊少年
尽管雪染青丝
但着实多了几分
沉稳倜傥
……
我热望着你
依然永久地
昂首阔步
在天地间
——行走
——歌唱
……

二〇一九年八月二十三日凌晨　于甘肃·金昌

七言诗·管弦赋

秋高气爽身泰然，琴友相约碧草间。
管弦声声鸣和谐，雅音袅袅绕眉湾。
丝丝入扣情契合，焉支遥闻头频点。

二〇一九年八月二十三日下午　于金川·公园·眉湾湖畔

七绝·晨光微吟

晨月碧树两相映,水天一色无纤尘。
静观澄湖水无声,远眺祁连山朦胧。

二〇一九年八月二十五日晨　行吟于金川公园

七言诗·观鸽偶得

暖巢承温双十天,一朝破壳来世间。
微眼初睁左右看,天旋地转两茫然。
绒毛稀疏立不稳,嗷嗷待哺诚可怜。
父来母往勤喂养,羽毛次第渐丰满。
稚膀习习多锤炼,鼓翅奋翼待飞旋。

二〇一八年八月初稿,二〇一九年八月完稿于河西·雪峰文学创作基地

七律·送广昌君之赴广州

银号长鸣入九霄,花城逢君乐逍遥。
羊城镍都两相遇,管弦雅音扬波涛。
情酣韵畅六七日,无奈分别在今朝。
愿君乘风向东去,长忆西部意邈邈。

二〇一九年九月三日晨　于河西·雪峰文学创作基地

五绝·题广昌君黄河照

黄河向东流，伊人心潮翻。
今日南归去，何日返祁连。

二〇一九年九月三日午　于河西·雪峰文学创作基地

七言诗·为女儿晨宁自蜀回甘而作

戈壁九月景色新，镍都双庆喜讯频。
天降甘霖洗纤尘，花海涌波扬歌声。
秋风送爽传佳音，朝霞满天迎晨宁。

二〇一九年九月十日晨　吟于金川公园湖心亭

七绝·己亥年教师节抒怀

桃李园中数十载，躬耕苗圃两鬓白。
矢志为师亦为士，笔墨幻化万惑开。

二〇一九年九月十日　于河西·雪峰文学创作基地

七律·望月书怀

回眸三十四年前，风华盛年赴金川。
初识戈壁情婆娑，大漠风光憾心魄。
携妻遥望戈壁月，天似穹庐闪银河。
今夕又见戈壁月，心平气沉吟心歌。

二〇一九年九月十日晚　行吟于金川公园

七律·己亥中秋与友唱和诗

举首望月尚未现，回眸寻友久不见。
凝语颦蹙意踟蹰，玉盘悄然升心田。
新年旧岁月相似，故交挚友情更酣。
遥托婵娟致我意，愿君身健心泰然。

二〇一九年九月十二日晚　于河西·雪峰诗文创作基地

七律·望天宇

遥闻我心盼明月，玉轮破雾出云端。
祁连迤逦形隐约，戈壁浩瀚夜阑珊。
翘首凝目望天宇，神驰银河心翩翩。
俯瞰神州吉祥地，万家灯火熠泰安。

二〇一九中秋前夕　于河西·雪峰诗文创作基地

七律·己亥中秋致永恒胜才二君

闻听晨宁临花城，永恒筹宴情殷殷。
胜才赐我"刘伶醉"，故人聚首笑声频。
美酒佳肴满味蕾，谈诗说文意未尽。
银杯满斟酹明月，婵娟朗朗鉴同心。

二〇一九年九八月十三日晨　于河西·雪峰诗文创作基地

七绝·紫金花海写意

花城九月秋气爽，焉支含黛现迤逦。
琴声悠扬漫花海，妻女相偎情依依。

二〇一九中秋　于甘肃·金昌紫金花海

七绝·启程

理想列车缓启动，汽笛一声入云霄。
雪峰白瑞双驰骋，铁龙昂首向明朝。

二〇一九中秋　于甘肃·金昌紫金花海

五律·火车餐厅小憩

　　花海景深处，长龙静待客。
　　登车初打探，境幽引人坐。
　　小憩望祁连，慢饮细品啜。
　　今日多宽余，征途从头越。

二〇一九中秋　于甘肃·金昌紫金花海火车餐厅

七绝·花海放歌

　　放歌花海心飞扬，万亩紫金荡波浪。
　　琴声高扬九天外，穿越祁连延青藏。

二〇一九中秋于甘肃·金昌紫金花海

七律·己亥中秋月夜心吟

　　戈壁明月升东方，玉轮破云耀金昌。
　　婵娟遥闻临花城，素娥惊呼月饼香。
　　天上人间共此时，花好月圆民安详。
　　玉盘彩饼两相映，天圆地方乾坤朗。

二〇一九年九月十三日夜　于河西·雪峰诗文创作基地

七言排律·自责自劝歌

六十天前遭车祸，腰椎压迫致骨折。
输液服药念佛陀，屈指细数满两月。
伤情初愈启双脚，抚琴弄笔赋新歌。
手足并用调思绪，神驰心骋情难遏。
心曲阵阵涌心窝，飞流瀑布不停歇。
美景入眼心难追，文字浅陋多出错。
五七不分几颠倒，心韵欠雅涵律绝。
静坐慢阅所言歌，摇首扼腕更自责。
十个男儿九粗心，唯余单一价不薄。
神安心静沉丹田，从此切磋多琢磨。

二〇一九中秋午夜　于河西·雪峰诗文创作基地

七律·玫瑰谷浅吟

天蓝水碧玫瑰谷，姹紫嫣红月季香。
美景滚滚入眼来，瞠目结舌胸臆荡。
临湖抚琴歌一曲，雅音袅袅焉支望。
白云朵朵飘天穹，鱼跃水面波荡漾。

二〇一九年八月十六日　于甘肃·金昌玫瑰谷

七绝·故乡山川

峰峦之巅枕头山,岿然雄视卧龙川。
痴心游子印足迹,怡然伴母养天年。

　　　　二〇二〇年五月十九日晨　吟于兰州·雪峰故居

七律·庚子年闰四月初六日述怀

神鹰呼啸破层云,我自天府返陇原。
莽山重重唱寥阔,黄河滔滔歌蜿蜒。
朝饮甘甜岷江水,夕品醇香金城面。
老屋痴儿沐春风,高堂慈母怡天年。

　　　　二〇二〇年闰四月初六日晨　吟于兰州·雪峰故居

五绝·故乡云天

云是老家白,天数故乡蓝。
晨曦透窗明,晚霞染山川。

　　　　二〇二〇年五月二十八日　吟于兰州·雪峰故居

五言诗·故乡生活掠影

挚友三五人，发小七八个。
偶遇叹蹉跎，相聚话阔别。
促膝论岁月，凝视掏心窝。
琴瑟赋沧桑，仰天笑日月。
愿君多珍重，同吟时代歌。

二〇二〇年五月三十日　吟于兰州·雪峰故居

七律·贺蒋宜林先生喜得重孙

我有挚友名宜林，琴瑟管弦伴人生。
年近八旬得重孙，四世同堂享天伦。
足迹串串印苑川，笑声朗朗彻乾坤。
风流倜傥吟岁月，步履稳健对蒋门。

二〇二〇年五月三十日　于兰州·雪峰故居

七律·咏甘肃榆中金崖古镇美食

古镇农家四合院，巧妇厨中手擀面。
揉擀切分如旋舞，丝丝条条沸翻卷。
时令小菜摆上桌，扁豆面香惹人馋。
乡里乡亲情切切，味蕾美享醇无限。

二〇二〇年五月三十一日晨　吟于兰州·雪峰故居

心　　曲

故园半月会众亲，友人频频诚款待。
今朝惜别赴河西，专车相送约再来。
白塔巍峨瞰南山，黄河滚滚涌浪波。
铁龙长啸向西去，士子安然唱心歌。

二〇二〇年六月二日　吟于6207次列车上

七律·花城述怀

昨日离兰赴花城，今朝乐友邀相约。
丹霞湖畔弄管弦，眉弯渠边抚琴瑟。
沙枣花香扑鼻来，小鸟婉鸣迎远客。
焉支颔首遥相望，祁连蜿蜒伸手握。

二〇二〇年六月三日　吟于河西·雪峰诗文创作基地

七律·庚子年闰四月十三日感怀

阅世六旬有五载，惯看冬去春又来。
虽言方寸我主宰，凡事万般有别裁。
始信乾坤纳万物，天人合一阔心怀。
否极终归开新篇，和光同尘泰自来。

二〇二〇年六月四日　吟于河西·雪峰诗文创作基地

五律·咏金川公园

塞上有明珠，天号称镍都。
河西第一园，沙海绿洲殊。
水天呈一色，轩映雅丹湖。
树随风摇曳，游人久凝目。

二〇二〇年六月五日晨　吟于河西·雪峰诗文创作基地

夏日呓语

户外夏风拂杨柳，室内居士静思索。
石头桌上摆香茗，心曲款款无言歌。

二〇二〇年六月六日　河西·雪峰诗文创作基地

七绝·吟湖畔雨后初晴

昨夜甘霖润花城，今朝镍都景色新。
丹霞湖面泛清雾，月悬九天迎朝晖。

二〇二〇年六月八日晨　吟于金川公园丹霞湖畔

七律·品故乡儿时味道有感

身寄乾坤欲难抑,五光十色迷心绪。
凝神静气理方寸,故乡味道常扑鼻。
粗茶淡饭宜养人,儿时光景览无余。
朝花夕拾不负春,人间烟火袅袅续。

二〇二〇年六月八日　于河西·雪峰诗文创作基地

赠春山君

我居河西望祁连,君走山西筑天堑。
江山万里美图画,与君共赋新诗篇。

二〇二〇年六月十三日　于河西·雪峰诗文创作基地

小区风光掠影

小区改造旧翻新,绿树掩映路洁净。
红杏垂枝叶婆娑,白杨昂首向天笋。

二〇二〇年六月十三日　于河西·雪峰诗文创作基地

花城夏日傍晚即景

红日西沉向天边,月跃东山照银河。
屋顶白鸽欲归巢,室内居士独静坐。

二〇二〇年六月十三日　于河西·雪峰诗文创作基地

七绝·赞戈壁云天

戈壁云天堪壮观,碧海无涯白浪卷。
气象万千吞山河,大藏若虚纳峰峦。

二〇二〇年六月十七日　于河西·雪峰诗文创作基地

七言排律·叹枝头红杏

楼下北梅四五棵,枝头红杏鲜欲滴。
来往行人驻足观,艳羡品赏赞不已。
老媪朽翁两三人,垂涎仰叹语叽叽。
杆敲手摇施暴力,卑躬屈膝忙拣拾。
绿叶委地任踩躏,红杏离树空抽泣。
此情此景不忍看,唯有扭头枉动笔。

二〇二〇年六月十九日　于河西·雪峰诗文创作基地
注:北梅,杏树的别称。

五律·无题

此"节"复彼"节","节日"何其多。
　　泱泱大中华，追风随傻波。
　　静言且躬思，洋化已沉疴。
　　回望五千年，思绪入长河。

二○二○年六月二十一日　于河西·雪峰诗文创作基地

七律·题文留北海公园赏荷照

　　北海六月天碧蓝，波静风和景烂漫。
　　诗家惜时凝眸睇，满目含情驻足观。
　　荷花亭亭绽芳容，靓女翩翩心潮翻。
　　良辰美景揽胸怀，鲜花丽人两嫣然。

二○二○年六月二十八日　河西·雪峰诗文创作基地

七绝·沙尘日沉吟

　　沙尘滚滚西边来，黄土沉沉漫苍穹。
　　天地混沌山隐形，鸟藏窝巢匿声鸣。

二○二○年六月三十日　于河西·雪峰诗文创作基地

七律·玫瑰谷抒怀

我自蜀中返河西,琴声再起玫瑰谷。
乡友循声纷纷来,嘘寒问暖推心腹。
湖面鱼跃弄水波,似曾相识彩蝶舞。
碧草茵茵含情笑,玫瑰颔首吐芳露。

二〇二〇年七月一日 甘肃金昌玫瑰谷

自由诗·琴声再起玫瑰谷

和着玫瑰花的芬芳
散发着碧草的清香
我的琴声
再次从玫瑰谷响起
……
彩蝶伴舞
百鸟合唱
焉支山侧耳
天边的白云驻足依依
……
起承转合
抑扬顿挫
周身的血液在指尖流淌
在火热的七月
我用同样的热情

把生命的情绪张扬

演绎出律动的吉祥

……

二〇二〇年七月二日　甘肃·金昌玫瑰谷

随笔·"一根筋"与"两根弦"

我曾在自由诗《你好，一根筋》中自诩为"一根筋"；也曾在《深夜，我凝眸自己》《我与二胡》等散文中写到此生与文学结缘、以音乐为伴的孤注一掷与心安理得。

自诩为"一根筋"，并非自谦自噱，反而是自我抬举与自我吹嘘，简言之，其中缘由，一与我的名字中有一"元"字有关，而与道家"道生一，一生二，二生三，三生万物"的经典理论有关联。

于是，我的"一"便衍生展延开来，也于是有了《白秉元诗文集》中《一二三》的自序之辞。

还于是，无论身在何处，都要带上"两根弦"（即二胡），其实，这两根弦早已扎根于我的心中。

更于是，这"两根弦"生发出两条小河，在我生命的长河里水声淙淙，浪花朵朵……

自此，"一生二"，也就自然"二生三"了。

有了"三"，我的生命与生活便丰富多彩起来了，"万物"自然就收纳于心了。

此生钟爱"一二三"，此生锁定"一二三"……

二〇二〇年七月三日　于河西·雪峰诗文创作基地

七言排律·玫瑰谷长吟

风光旖旎玫瑰谷，天蓝水碧花芬芳。
鸟鸣蝶舞白云飘，防护林带叠屏障。
远山如黛呈环抱，鱼跃湖面翻波浪。
白首痴子轩亭坐，调弦正音弄宫商。
金曲连奏展情怀，目穿祁连延青藏。
清风徐徐拂面来，涤荡心尘送吉祥。
不慕富贵不羡仙，雅音袅袅久回响。

二〇二〇年七月四日　甘肃·金昌玫瑰谷

自由诗·景观带随想

从被人打造装点的那时起
你就有了一个时尚的名字
　　　　　——景观带
　　从此
　　游人流连忘返
　　啧啧称赞
　　渐渐地
　　人们淡忘了你的籍贯
　　诚然
　　你不负美名
　　流水潺潺
　　碧草满地

绿柳婆娑
鸟语花香
我也不止一次地
一路漫步
亲吻你的肌肤
左顾右盼
被你靓丽的身姿折服
然而
每次缓行漫步
另一道景观却在我心底渐起
尽管它早已在沧海桑田的巨变中淡出
……
但这"淡出"怎么也淹没不住我心底景观原底色的"渐入"
我默念着你的籍贯
呼唤着你的乳名
——西坡
由此
我的心底浮现出刻入骨髓的景观
那景观渐渐清晰
不断地在我眼前淡入闪回
闪回淡入……
质朴无华的农舍
袅袅飘浮的炊烟
鸡鸣犬吠
更有在夕阳晚霞中
呼朋引伴
归圈的牛羊
……
村庄的远处

是一望无际的麦田
　　绿浪滚滚
　　汇入天边
　　遥想当年
我所供职的学校
被人们戏称为西坡大学
　　虽为一介书生
　但我偏爱田园风光
　　那时
　我在心底钟情
并称颂"西坡风光"
　　　走着
　　　想着
　　　……
　　　想着
　　　走着
　　　……
　　渐渐地
淡入闪回的"西坡风光"
淹没了眼前的景观
　　于是
　我闭目遐想
　风景如画
　还是风景如梦
　　　……
　　猛然间
　我清晰地意识到
如画的风景只在眼前
如梦的风景长留心底

……
哦
桃红柳绿眼前过
心底风光入梦来……

二〇二〇年七月四日　于河西·雪峰诗文创作基地

七绝·金昌映象

花海波涌玫瑰谷，龙首延颈饮西湖。
祁连逶迤绣山川，塞上瀚海耀明珠。

二〇二〇年七月五日　于甘肃·金昌龙首西湖

随笔·由《景观带随想》说开去

　　人类社会发展到今天，社会成员（人们）越来越重视亲近自然与自身的生活质量。于是，旅游热悄然升温，在条件许可的前提下，人们最大限度地谋求领略观光自己生存与生活的局限的"外面的世界"，旅游界称之为"景观"与"观光"。
　　但是，人们大都在客观地欣赏自然景观的同时，主观地忘却或忽视了"自身"的人文景观。
　　一个国家，一个民族，一个家族，一个家庭，一个单个的人，其诞生、发展、延衍及其与时代、社会、自然环境交融、互存共生的全过程，便是"人文景观"。
　　一个人在"喜怒哀乐"的情绪变化和面对日月星辰、风云雷电，置身春夏秋冬、山川河流、花草树木、虫鱼鸟兽，或听闻同

类们或壮丽，或悲怆，或凄迷，或得志，或失意时的感悟、醒悟、警觉之后的所思所想……，即为具体的"人文景观"。

眼前与心底的"景观"碰撞、撕扯、交融，便是"人文景观"的具象与升级。

因此，"回忆"与"想象"是人类认知自然与社会的重要手段和方式。

所以，马克思曾经说，人是社会的人，也是自然的人。

二〇二〇年七月五日　河西·雪峰诗文创作基地

自由诗·拥抱

这不单是一个热情的词语
也不仅仅是一种情绪的宣泄
它是观望徘徊与期盼后
迟疑思索紧连的果断决绝
是从自由王国到必然王国的欢歌
是心灵的放飞
自由的洒脱
……
张开双臂是猎猎的旌旗
身心前倾是无言的战歌
序幕一经拉开
自然是好戏连连
起承转合
心灵的舞台
灯光闪烁
拥抱音乐

拥抱诗歌
拥抱酷暑
拥抱雨雪
拥抱日月星辰
拥抱风云雷电
拥抱草原雪山
拥抱长江大河
拥抱奔腾的血液
……
生活如诗
生命如歌
张臂拥抱的特写
便是心中不休的喋喋
更是响彻天际的
无言的歌……

二〇二〇年七月七日　河西·雪峰诗文创作基地

自由诗·碰撞

这不是一个平淡无奇的词语
实在是柔中带刚
糅合阴阳
叮当作响
碰撞
是大千世界的万象
情与理的博弈较量
声与形的叠韵重章

幽幽山谷里
　　天籁之音的回荡
　　风云际会
　　电闪雷鸣的火光
　　碰撞
　　又是太极图的丝严缝合
　　福祸相倚的无声解说
　　贯横通纵的隐形哲学
　　活体生命的跳跃
　　寂静生灵的涅槃脱壳
　　碰撞
　　也是情绪翻飞的警觉
　　宫商角徵羽的五音契合
　　发端于心底
　　飞出躯体的歌……

二〇二〇年七月八日　河西·雪峰诗文创作基地

自由诗·咏干热风

　　每到酷热的夏季
　　这里总会刮起干热风
　　高大的树木随风摇摆
　　宛如海面上鼓起的风帆
　　远处的山峦
　　隐身匿形
　　天地苍茫
　　混沌无垠

风声呼呼作响
似惊涛拍岸
又如千军万马阵营中
悠长的号角
干热风
是广袤戈壁特有的一道风景
有了它
戈壁红柳才柔韧鲜亮
防护林带的白杨才昂首挺拔
玫瑰谷的花朵才绽开得奔放热烈
紫金花海才翻浪涌波
金水湖的万顷碧波才熠熠闪烁
龙首西湖才有了与杭州西湖的
阳刚甄别
有了它
才能吹洗净焉支山躯体的尘沙
古老的驼铃声
才能传向天涯……

二○二○年七月八日　河西·雪峰诗文创作基地

自由诗·晨操心曲，走向玫瑰谷

身披霞光
携手二胡
和着心曲
我向玫瑰谷走去
跨过东西走向的新华路

我的自驱动车
换挡提速
步履铿锵
穿过延安路
心曲飞胸腔
泰安路铺满霞光
渐行渐唱
平直的南昌路
拓展出花海与西湖的呼应荡漾
热风扑面
我阔步健行
线路图上
一个"主"字的特写
定格出律动的安详
额头沁出的汗珠
是我肉体分泌的甘露
黑红的脸庞
还原出西北汉子的底色
略微干裂的嘴唇
彰显我还需更多的正能量
道旁紫色的马鞭草
随风摇摆
婀娜出盛情的啦啦唱
……
抬眼望
扇形的防护林带
高大茂密的白杨树
翘首急盼
列队迎接远来的常客

被马鞭草和芦苇环抱的枣红色轩亭
静静地等待着我落座
安闲了一夜的玫瑰花
嗔怒地绽露娇艳
似乎责怪着粗心的情郎
径直而来
一味地鸣奏
痴痴地徜徉
又径直而去……
阵风吹过
湖面上泛起的涟漪
给我送来款款清波
远处的焉支山
身披黛纱
迤逦出静谧的庄严
聆听白首痴子的心歌……
……

二〇二〇年七月九日　于河西·雪峰诗文创作基地

不愁天下不识我（组诗）

一

天玄地黄
岁月沧桑
我从时光的长河中走过
日升月落
但我不只是一个过客

二

故乡的黄土高原识得我

因为我的骨骼里

烙印着万道山梁的脉络

黄河识得我

白塔山识得我

因为我在美丽的西北师大校园

伸展过思索

三

九色甘南识得我

雪山草原

蓝天白云下

曾留下我不长的一串脚印

塞北的戈壁云天识得我

那是因为

我与古老的驼铃声

频繁地唱和

四

祁连雪峰识得我

绵延叠嶂的峰峦

承诺着青藏高原的殷殷嘱托

七彩云南识得我

石林的峰峦间

我曾漫唱过阿诗玛的歌

大中华的心脏北京识得我

因为我不止一次地
从正阳门前走过
五大连池老黑山的火山口识得我
它曾惊诧过我奔涌的血液
目睹过我情绪的热烈
……

五

闲来酌酒聊自慰
不愁天下不识我
峨眉明月识得我
在恩承云海佛光的沐浴后
白龙洞的主人
探首关切宗亲的行色
幽绝人寰的青城山识得我
我曾在天师洞借宿过三天三夜
女娲泉也识得我
第一次拜谒问道时
幼小爱女的一只白球鞋
脱落于湍急幽深的旋涡
惠泽天府的都江堰识得我
走过安澜桥
第一次与我电脑合影后
女儿高兴得江边甩镯

六

蓉城的街道识得我
我曾从宽窄巷子穿过

古百花潭的龙爪村烟识得我
从仰天窝流淌而来的清水河
早已熟悉我晨光里的踏歌
草堂的诗圣当然识得我
自从和他结识后
我们多次地
作别
重逢
重逢
作别
古柏森森的武侯祠的诸葛孔明识得我
我曾数次拜谒
宁静致远把淡泊明志思索

七

闲来对酒聊自慰
不愁天下不识我
宋词婉约派的李清照识得我
她曾说
"……这次第，怎一个愁字了得"
我曾言
"……这人生，怎一个乐字说得"
当今丽人诗后匡文留识得我
她曾在一首诗中说"想搂住黄河"
而我于己亥秋月
把青藏高原结拜为大哥
……
横绝南北的秦岭识得我

频繁的流连忘返
蜿蜒曲折的嘉陵江
奔腾着我《走进成都》的欢歌

八

独坐细数
我的朋友遍天下
不愁世人不识我
虽然行色匆匆
但我不是过客
我是一个永不驻足的行者
……
天地间
走着赤裸裸的我
……

二〇二〇年七月九日　于河西·雪峰诗文创作基地

七律·玫瑰谷写意

玫瑰谷幽花芬芳，三亭鼎立遥相望。
芦苇随风漫摇曳，湖水涟漪泛波光。
曲径盘桓移风景，石阶递层步徜徉。
蜻蜓点水振双翼，彩蝶恋花吻清香。

二〇二〇年七月十一日　河西·雪峰诗文创作基地

七律·玫瑰谷抒怀

玫瑰谷里常流连,心生翅膀久盘旋。
静坐轩亭弄雅音,情飞弦外传天山。
北风长送达青藏,日月山闻头频点。
昔日壮别五十载,今朝闲赋白云篇。

二〇二〇年七月十一日　河西·雪峰诗文创作基地

七绝·咏戈壁晚霞

雨霁天晴云变幻,万木洗尘披绿纱。
远山染黛展婀娜,落日熔金化彩霞。

二〇二〇年七月十一日　河西·雪峰诗文创作基地

五言诗·风情

风吹万物动,飓飚树飘摇。
感觉潜心怀,痴情人易老。
吐纳应四时,和律谐格调。
行止融自然,张弛步逍遥。

二〇二〇年七月十三日　河西·雪峰诗文创作基地

七绝·心语

长夜漫渡迎朝霞,金光万缕穿林梢。
日升月落恒轮转,情澄理飞向九霄。

二〇二〇年七月十四日晨　河西·雪峰诗文创作基地

七律·琴韵

湖畔轩亭起琴声,玫瑰谷里泛音韵。
远山眺望觅丝弦,近水聆听映白云。
啾啾鸟鸣草木间,翩翩蝶舞恋花容。
芦苇葱葱拂清风,玫瑰凝露艳无声。

二〇二〇年七月十四日　甘肃·金昌玫瑰谷

七绝·石人花

花不能语静开放,石头无言自安然。
最痴白首作诗人,喋喋不休赋长篇。

二〇二〇年七月十五日　甘肃·金昌金水湖

金水湖九眼桥即景

拱桥雄跨通南北，金水潺声如天籁。
九眼洞开观苍穹，水天一色壮心怀。
烟波浩渺泛白云，青芦倩影湖中摆。
翠柳绕堤舞婀娜，塞北风光滚滚来。

二○二○年七月十五日　甘肃·金昌金水湖

组诗·玫瑰谷的花言草语（一）

马鞭草

姐妹们
你们说
天天从我们身边走过又走过的那个人
他到底是干啥的
是一个歌者
二胡演奏者
诗人
还是游客
也是
也不是
但他不是游客

他是一个行者
不老的帅哥
快看
他来了
昂首挺胸
健步踏歌
……

虽然有点神秘难测
但他的来来去去
又去去来来
安静了我们的寂寞
……

玫瑰花

姐妹们
你们看
湖面上溅起的雨泡
越来越密
越来越大
他今天还会来吗
……
喂
请你们安静点
烦不烦
怎么
浑身带刺
但终究耐不住寂寞啦

还是被人间的情火点燃啦
烦死了
小妹
你别烦
反正今天他不来
咱姐妹们说说他
有何不可
有什么可说的
我观遍所有的游客
他虽然卓然
但是一个无情者
啊
无情者
此话怎讲
不是吗
别说亲近
他连看都不看我们一眼
小妹
你动心了吗
姐姐们说你这几天心事重重
我还有点不信
看来
你真的要绽放了
噫
动什么心
我才不呢
他是个傻子
就知道端坐在亭子里

抚琴
抚琴
倒美翻了他对面的那簇马鞭草
更气人的是
去年有一天
一只蜻蜓竟落在他的右膝上
入神地听他的琴声
玻璃球状的眼睛
还似乎在向我们炫耀
还有
一只蝴蝶在他面前
飞去飞来
飞来飞去
卖弄风情
……
罢罢罢
雨越下越大
他今天不会来了
也好
咱们年年天天都听他的琴声
几个姐妹都误了开放的花期呢
难道你们忘了
前几天
仙子姑姑的警告
让我们静静地开放
说点重要的
他到底是个什么人
什么人

你们没听见刚才那几簇马鞭草
　　叽叽喳喳地猜想
　　摇头晃脑地琢磨
　　　　哦
　　　　对了
大前天他兀自在亭中朗诵诗歌
真真切切地说"不愁天下不识我"
　　远处的焉支山都听见了
　　　　说这说那
　　天地山川都识得他
　　就没说咱姐妹们艳丽的花朵
　　　　错错错
他的长诗《走向玫瑰谷》
是写给我们的专属情歌
　　　　……
　　　　噢
　　　　太好了
他不光是一个有情有义的行者
　　他还是一个不老少年
　　是我们孤傲的情哥哥……
　　　　咿呀呀
　　　　喏喏喏……
　　　　……

二〇二〇年七月十六日雨天　河西·雪峰诗文创作基地

七绝·梦游

踩云踏浪苍穹游,乘风驾雾上九霄。
天琼风物还依旧,俯视人间几飘摇。

二〇二〇年七月十八日晨　行吟于甘肃·金昌龙泉景观道上

自由诗·天籁之声(一)

……你不是一直都很高傲吗

怎么

现在把你高傲的头颅

伸向……

你现在高傲起来

让我看看……

……

还说什么"天地间走着赤裸的我"

走啊

让我也看看……

听我的

还是穿上件短袖衫吧

最好是你曾经穿过的那件

宽袍长袖

那样

会更风度翩翩

……

明明两根筋

还偏执地说

"我是一根筋"

呵呵

……

有本事再昂起你高傲的头颅呀

……

啊

怎么了

你的身体在颤抖

还是灵魂在燃烧

高傲的人儿

老老实实给我躺着

让我温柔的手

慢慢熄灭你体内的

人间烟火

……

不要问我从哪里来

我

是你曾经穿越时空时

跌落的一支翅膀

也正是你心中跌宕的歌

……

二〇二〇年七月十八日　河西·雪峰诗文创作基地

自由诗·致《天籁之声》

我来了
依然昂着高傲的头
……
且行且吟
健步踏歌
自称"一根筋"
那不过是我一时的戏谑
你果然慧眼识金
我确实两根筋
一根下探海底
一根直抵苍穹
我来了
穿着当年拜谒杜甫
做客李易安府上前
苏轼欧阳修
还有秦少游等先贤
为我量身定制的峨冠博带的
长袖红袍
……
我来了
有时也穿着那年北上京都
拜谒当今丽人诗后匡文留
漫游东北
专访老黑山火山口时的

那件现代夹克装

……

我来了

……

二〇二〇年七月十八日　河西·雪峰诗文创作基地

七律·梦游（二）

扶摇翻旋啸长风，心曲声声穿层云。
日月星辰身边过，倏忽飞达抵冥穹。
霞光万道耀眼前，七彩甘霖沐身心。
依稀天门遥洞开，祥云飘邈凝元神。

二〇二〇年七月十八日　河西·雪峰诗文创作基地

自由诗·天籁之声（二）

雪峰
高傲的人儿
你应该高傲
也必须高傲
高傲地健步踏歌
高傲地在天地间行走！

……

我认识你很早了

也很久很久了
我要让你再活
不
再矗立五百年
用我的七彩霞光
环绕你
映照你
要让七彩的霞光
染遍你的全身
只绽放一株洁白的雪莲花……
……
雪峰
你为何不说话
哦
你不用回答
我已听见你心灵的应答
……
我从很远的地方走来
从太阳升起的地方走来
从月亮升起的地方走来
从你熟知且魂牵梦萦的雪山草原走来
从你遨游的云海苍穹走来……
……
啊
你问我去向哪里
唉
果真是"一根筋"
难道你没感觉到

我的手正放在你的胸口吗
不必客气
也别再说"谢谢"
我身负嘱托
心承青藏高原的叮咛
这是我分内的职责
……
你不是手挥巨笔
写就了《山河说》之一的长篇组诗《黄河的话》吗
对
黄河东去我西来
……
是的
我与你相向而行
……

二〇二〇年七月十八日　河西·雪峰诗文创作基地

七绝·诗乐轻骑（一）

诗乐轻骑迎朝霞，心曲漫起吟风流。
一路欢歌一路情，白首士子逍遥游。

二〇二〇年七月二十一日晨　心吟于骑行道上

七绝·独坐轩亭

雨霁谷幽晨风爽,鸟雀婉转碧波荡。
斯人独坐赋心曲,琴声悠悠飘青藏。

二〇二〇年七月二十五日晨　吟于甘肃·金昌玫瑰谷

七律·贺牛学勇先生喜得爱孙

雪域高原天碧蓝,洮州胜景冶力关。
牛氏美男称学勇,丹青绘得九色艳。
笔耕不辍六十载,喜得爱孙血脉延。
我执拙笔聊恭贺,笑祝先生满夙愿。

二〇二〇年七月二十五日　于河西·雪峰诗文创作基地

五律·轩亭独坐

佛语心中诵,祥云阵阵来。
日升月又落,天地潜胸怀。
静坐观自在,灵台莲花开。
笑看烟云过,颔首致天籁。

二〇二〇年七月二十六日晨　河西·雪峰诗文创作基地

五律·夜访玫瑰谷

轻骑乘晚风,痴子情盈盈。
长驱入幽谷,夜坐湖畔亭。
不见玫瑰影,山色几朦胧。
谷幽万籁静,弯月悬碧空。

二〇二〇年七月二十六日夜　吟于甘肃·金昌玫瑰谷

自由诗·放歌玫瑰谷

你有一个幽美的名字
静谧安闲的玫瑰谷
你有令人窒息的神韵
风情万种的玫瑰谷
不要说走近你
光这令人神往的名字
就叫人遐想不已
……
你的芳名
叫我怦然心动
第一次远望你
我就不由自主地加快了亲近的脚步
第一次走近你
我就被你勾魂摄魄

意乱情迷
哑然失语
但我总想对你说
总想对你唱
每次都无能为力
……
还好
虽然笔拙嘴笨
我还有二胡
于是
我一次次地抚琴
一次次地言情
一次次地安放我的灵魂
终于在前不久
唱出我的心声——
《走向玫瑰谷》
……
走近了你
我恋爱如初
走近了你
我乐不思蜀
……
昨晚
我乘风轻骑
在弯月的清辉里
《夜访玫瑰谷》
今天
我仍然独坐轩亭

为你放歌……
……
我的浪子的心
正在《走进玫瑰谷》
……

二〇二〇年七月二十七日下午　吟于甘肃·金昌玫瑰谷

七绝·咏永昌钟鼓楼

丽日摩云镇河西，威宣沙海通玉关。
晨钟暮鼓鸣春秋，丝路明珠耀千年。

二〇二〇年七月二十八日　于甘肃·永昌西湖宾馆

七绝·永昌山川赞

西域关山几明灭，北湖若漫湿地阔。
金山峰峦眺青藏，大觉寺静吟佛陀。

二〇二〇年七月二十九日晨　吟于甘肃·永昌武当山下

自由诗·走进玫瑰谷

走向玫瑰谷
……

走近玫瑰谷

……

走进玫瑰谷……
走近玫瑰谷
就是走出烦嚣
走出张望
走出迷惘
走出思绪的飘荡
走出情绪的彷徨
走进玫瑰谷
就是走进灵魂的涤荡
走进情愫的安详
走进律动的舒张
走进生命芬芳
走进诗意远方……
走进玫瑰谷
就是走进思潮的波光
走进岁月的畅想
走进空灵的荡漾
走进隽秀的激昂
走进宁静殿堂
走进清幽雅香……

……

二〇二〇年七月二十九日夜　河西·雪峰诗文创作基地

自由诗·我来了,玫瑰谷

我来了
玫瑰谷
玫瑰谷
我来了
……
驾着诗乐轻骑
挟着南海的风
行囊里满装着巴山蜀水的清灵
杜甫草堂的千年诗韵
武侯祠的致远宁静
青城山天师洞的静谧
都江堰奔涌的岷江水……
……
我来了
玫瑰谷
……
玫瑰谷
我来了
身上沾着黄土高原的尘埃
青藏高原飘飘洒洒的雪花
头顶蓝天白云
呼啸而来
踏歌而来
……

我来了

玫瑰谷

……

玫瑰谷

我来了

心里燃烧着老黑山火山口喷发的热情

怀揣青藏高原的书信

穿云破雾

欢唱而来

你早已知晓

我《抚琴玫瑰谷》

《情动玫瑰谷》

《走向玫瑰谷》

《走进玫瑰谷》……

你也知晓

前两天我专程去了趟永昌

庄严地在永昌钟鼓楼的四个门前

东西南北地祷告

特意向我的结拜大哥青藏高原禀告

要与你金兰结义

我大哥欣然应允

并托白云捎来书信

今晨

我抚琴的韵致

弦外之音的回响

还有我头颅的朝向

便是青藏高原捎给你的书信……

……

我来了
玫瑰谷
……
玫瑰谷
我来了
今日起
我不再称你为"玫瑰谷"
改称"小阿妹"
……
我来了
小阿妹
……
小阿妹
我来了……

二〇二〇年七月三十一日晨　于甘肃·金昌玫瑰谷

随笔·午夜呓语

我庆幸自己早有先见之明，与日月山川为伍结友。

日月山川永远敞开着她宽广温暖的胸怀，适时地随我所愿地将我揽入怀中，倾听我的诉说，抚慰我的心灵。

而人类中的有些人，包括我原本的亲人和曾经的挚友，他们有时总是意气用事，任意地将我呼来唤去，随意地推来搡去。

戊戌年是我的多诗之秋。夏秋之交，我与青藏高原结义，写就散文八篇及诗词若干首。

庚子年又是我的多诗之秋。夏秋之交，我与玫瑰谷金兰结

义，写就诗词若干首。

今生与青藏高原、玫瑰谷结义，大慰平生，我心大悦。我可以如我所愿、随心所欲地或引吭高歌，或浅吟低唱；或恣意短歌，或纵情长赋……

我愿与日月山川长存共生，与大自然和谐同鸣……

……

二○二○年八月一日凌晨　记于祁连山北麓

自由诗·欢歌玫瑰谷

—— 山　谷

远方的青藏大哥
我们在祁连山北麓
虔诚地遥祝你
扎西德勒
吉祥如意
你的义弟
我们的阿哥
捎来了你的书信
沉睡了千年的我们
静听了他的
《抚琴玫瑰谷》
《情动玫瑰谷》
《走向玫瑰谷》
《夜访玫瑰谷》
《走进玫瑰谷》
《我来了，玫瑰谷》……

我们体内的血液涌动了
我们欢笑了
我们欢腾了
你看
起伏的小山峦
那正是我们灵动的生命之舞
……

湖　水

波光闪闪
映照白云蓝天
湖水清且涟漪
我们荡开天然的笑靥
浸漫我们仁义智情的阿哥的
广阔的心田
……

白　云

带着雾的轻柔
带着梦的缥缈
我们从雪域高原蒸腾而来
越过高山
穿过峡谷
我们从遥远的天际
从高邈的苍穹
幻化而来
带来青藏高原的问候
带来日月山雪牙峰的眷恋

追赶雪峰的诗乐轻骑……
……

蓝　天

虽然高邈无垠
虽然形呈穹庐
但毫不神秘
静谧透照
是我自然的天性
我一直并且永远鉴照着
健步踏歌的
你们的阿哥
……

花草树木

"此时无声便有声"
"此时无声胜有声"
这就是我们的心声
《玫瑰谷的花言草语》
是我们的集体情歌……
有了这样的阿哥
我们生命无悔
心歌阵阵
永远青葱……
……

二〇二〇年八月三日晨　于甘肃·金昌玫瑰谷

七绝·诗乐轻骑（二）

轻骑诗乐穿晨曦，披霞饮风破晓雾。
眼前丽景倏忽过，胸中丘壑延心路。

二〇二〇年八月五日晨　吟于骑行途中

七绝·诗乐追云（一）

闲坐诗斋观云天，龙骧虎搏象万千。
诗乐轻骑乘夏风，驰骋旋追向天边。

二〇二〇年八月六日下午　吟于甘肃·金昌玫瑰谷

七律·诗乐追云（二）

诗乐追云腾九霄，风息云散天门开。
管弦纷纷迎远客，仙翁喜呼故人来。
琼浆玉液频换盏，推心置腹话天籁。
酒过三巡问九州，我禀国强民安泰。

二〇二〇年八月六日夜　河西·雪峰诗文创作基地

七绝·诗乐轻骑（三）

夏去秋来循往复，
季节轮回还如故。
葫芦丝幽玫瑰谷，
斯人翻唱《秋声赋》。

二〇二〇年立秋日　吟于甘肃·金昌玫瑰谷

七绝·诗乐轻骑（四）

饮风啜露男儿身，小酌烟火读乾坤。
岁月花甲弹指间，笑吟长赋践青云。

二〇二〇年八月八日　河西·雪峰诗文创作基地

七律·赠罗林君

漫步公园总相逢，只认面孔未识心。
湖畔邀坐促膝论，方读罗君书画胸。
人以群分两相惜，始信萍水书生情。
浅缀拙词聊相赠，愿君诗书伴今生。

二〇二〇年八月九日晨　河西·雪峰诗文创作基地

七绝·诗乐玫瑰谷（一）

秋阳初照玫瑰谷，伊人丝管赋心曲。
雅韵声声入花丛，鱼跃湖面彩蝶舞。

　　二〇二〇年八月九日晨　吟于甘肃·金昌玫瑰谷

七绝·诗乐玫瑰谷（二）

心静山谷毓清幽，情逸诗乐钟灵秀。
痴子雅境两相宜，九霄云高远烦忧。

　　二〇二〇年八月十日晨　河西·雪峰诗文创作基地

七绝·述怀

龙泉景观长如许，柳色青青水淙淙。
士子怡然情飘逸，高歌长吟对青空。

　　二〇二〇年八月十二日　甘肃·金昌龙泉景观带

七绝·诗乐玫瑰谷（三）

身披朝阳心染霞，玫瑰谷幽静山崖。

水天一色无纤尘,丝管悠悠润百花。

二〇二〇年八月十三日晨　吟于甘肃·金昌玫瑰谷

七律·游园

友人相邀游故园,别梦依稀三十年。
龙泉风光还依旧,士子白首情缱绻。
景随心迁入眼来,意由境造忆昨天。
秋风飒飒频拂面,笑声朗语响耳边。

二〇二〇年八月十三日　甘肃金昌龙泉公园

七绝·烟雨玫瑰谷

秋雨绵绵润如酥,轻雾柔锁玫瑰谷。
草木承露洗如碧,湖面淅沥泛玉珠。

二〇二〇年八月十四日晨　吟于甘肃·金昌玫瑰谷

七绝·游百菊园

秋月白云映蓝天,百菊园里百菊艳。
斯人凝眸嗅清香,情逸往返更流连。

二〇二〇年八月十五日　吟于甘肃·金昌百菊园

七绝·诗乐玫瑰谷（四）

雨后幽谷秋气爽，诗乐轻骑如约唱。
远山含黛侧耳听，鱼跃湖面起波浪。

二〇二〇年八月十七日晨　吟于甘肃·金昌玫瑰谷

七绝·诗乐玫瑰谷（五）

独坐轩亭抚琴弦，思绪纷纷呈万千。
纵古横今方始回，穿时越空又翩然。

二〇二〇年八月十八日晨　吟于甘肃·金昌玫瑰谷

自由诗·致骆驼

北国之君
戈壁精英
大漠之魂
请接受我这个西北汉子
狂傲诗人
由衷的致敬
请您略停片刻
于呼啸的漠风中
聆听一个仰慕者

滚动奔涌的心声
……
首先
我要向您致歉——
我曾在诗作《咏骆驼》中
难脱窠臼地误赞您为"沙漠之舟"
为此
两天来
我懊悔不已
今天
我要庄严肃穆地
清洗过滤我腹中所有的辞藻
精挑细选我以为最精当恰切的
对您的称谓之词
此时此刻
两天前你我近距离的对视
两种生灵心灵的交流交锋
凝视的静中有动
回眸的一往情深
还有回望的难舍难分……
这所有的所有
这一切的一切
都让我这个天涯浪子
这个西北壮汉
动容动心……
……
当我澎湃的心潮稍微平静时
几个语词
顷刻间在我心底涌起
且浪花朵朵

波光闪烁——
　　高
　　大
　　帅
　是的
　高大帅
继而我平生第一次深思并遐想
　一个头颅是轻易高昂的吗
　　随便高昂的吗
　能永久地高昂吗……
　　　……
　　北国之君
　　戈壁精灵
　大漠之魂——
　这就是我对你新的
　也是永久性的称谓
　　谢谢
　　谢谢
　再次谢谢——
　　谢谢那天
你们列队接受了我专程而来的
　　虔诚的致敬
　并用眼神和心灵鼓动我
　一如既往地高昂头颅
　　前行
　　前行
　　前行……
　　　……
　　北国之君
　　戈壁精灵

大漠之魂
请再次接受我心潮的升腾
毕恭毕敬的
虔诚的
致敬……

二〇二〇年八月二十一日晨　写于河西·雪峰诗文创作基地

自由诗·放飞心情，追逐梦想

许久以来
我畅想西域的辽阔雄壮
梦幻丝绸古道的风声回荡
山峦逶迤
蓝天白云下
成群的牛羊……
许久以来
我渴望敞开胸怀
畅饮漠风的呼啸迭荡
欢歌生命的灵动张扬……
……
不曾料想
放飞心情
追逐梦想
幸福账单在飒飒秋风里
哗哗作响
……
放飞心情

追逐梦想
放飞诗歌
放飞音乐
追逐无限风光
追逐心中的太阳…………

二〇二〇年八月二十三日心吟于蓝天白云下

五绝·山中吟

天外远方人，祁连山中客。
迈步登云梯，望峰情切切。

二〇二〇年八月二十四日　于祁连山中

古城淳朴风

古城古韵古朴风，美食美景美心情。
祁连山水泽胜地，热情好客永昌人。

二〇二〇年八月二十四日　永昌

自由诗·醉美草原

草原
雪山

白云
蓝天
牛羊成群
格桑花艳……
——这是我多年的向往
是我曾经的梦幻
不曾料想
这向往
这梦幻
铺天盖地
扑入我的眼睑
涌入我的心间
醉美我的灵魂
自然而然
风吹云卷……
……
我曾饱览过若尔盖大草原的天地相连
也曾涉足过九色甘南
还曾跋涉过江河之源的青海草原
然而
今天
是的
就是今天
我醉卧山丹草原
醉吟山丹草原
任凭这西大河的碧波
涟漪我的梦萦魂牵
任由皇家军马场的神驹
驰骋我的长啸呐喊

听任草原的风
旋飞我心底的沉淀
任由碧如海水的蓝天
把我的身躯连同五脏六腑
一同照鉴
心甘情愿地
任由山这边
还有山那边的白云
把所有的我
我的所有
飘载向青藏高原
日月山巅
高邈的天边
天外的悠远……
……

二〇二〇年八月二十五日　醉吟于甘肃·河西走廊山丹草原

自由诗·再见了，朋友

连日来
我饱览了丝绸古道的古风古韵
领略了辽阔草原的雄浑壮美
凝眸了古城夜空的纯净
心里装满了蓝天白云
血管里汇入了七彩霞光的绚烂丰盈……
……
当我即将离开的时候

亲人一样的朋友
再次用心
用真情
用质朴的话语眼神
把我挽留
精美醇香的饭菜
黄澄澄的南瓜小米粥
代表着主人金子般的心
古道热肠
我们举起了酒杯
感谢的话还未出口
再见的短语不愿表述
男主人
这位年轻的西部汉子
手中的酒杯微微颤抖
双眼泪光闪闪
竟无语凝噎……
……
他的可爱又多才的女儿
也满脸涨红
眼圈湿润
女主人
一改平日的干练任性
暂停了她的嗲声软语
低垂着倔强惯了的头
依偎在丈夫身旁
他们的儿子
一个如花儿般的少年
一双眼睛像黑葡萄一样晶莹透亮

专注而机灵地捕捉着动人的瞬间
……
啊
此时此刻
此情此景
我还能说什么呢
我一改往日的高声喧哗
一改往日的多嘴多舌
只有藏在体内的桃形心灵
颤动
颤动
颤动
……
我应接不暇地接住男主人递来的香醇的青稞酒
一杯
一杯
又一杯……
……
我在心里静静地
悄悄地说
再见了
古城
再见了
朋友
再见了
亲人
……

二〇二〇年八月二十七日晨　甘肃永昌

七绝·与友人同游武当山

昨夜浅酌惜别酒,今朝畅饮武当风。
栖霞门内听琴泉,大觉寺前念佛声。

二〇二〇年八月二十七日晨　吟于甘肃·永昌武当山下

七律·骋怀

连日纵情草原游,一朝归来心难收。
塞外风光浮眼前,梦牵魂萦神悠悠。
天边白云去又来,山外彩霞染艳秋。
且将旖旎潜胸怀,别裁胜景再赳赳。

二〇二〇年八月二十八日晨　河西·雪峰诗文创作基地

七绝·金永路行吟

心生翅膀脚蹬云,单骑独行饮秋风。
西北汉子逞倔强,脸黑心红胆赤诚。

二〇二〇年八月二十八日　吟于骑行道上

注:金永路,甘肃金昌至永昌省级一级公路。

七律·咏云庄山

祁连腹地有云庄，莲花峰高耸山巅。
苍松翠柏连天际，山花烂漫秋色艳。
抬头远眺望苍穹，白云缭绕天湛蓝。
脚下石阶通幽境，几问身处可人间。

二〇二〇年八月二十九日晨　河西·雪峰诗文创作基地

诗乐轻骑（五）

雨后花城秋色艳，草碧水绿霞满天。
诗乐轻骑玫瑰谷，一路欢歌展笑颜。
五脏呼啸草原风，六腑熏染七彩霞。
喜看幽谷景如画，诗乐人生情烂漫。

二〇二〇年八月三十日晨　骑吟于甘肃·金昌玫瑰谷

自由诗·两个灵魂

当夜深人静的时候
一个灵魂安静地睡去
或正在与另一个灵魂在一起
一个灵魂正在宁静地叩问自己
思索着遥望着那个灵魂
游弋的轨迹

停歇的处所
抑或是飘荡的景况
时空
能否交汇
心灵
能否放飞
诚若时空可以交汇
放飞的心灵何时回归
回归的心灵是否疲惫
夜深人静的时候
那个灵魂在山那边
这个灵魂在山这边
诚若时空能够交汇
两个灵魂能否交汇
时空
那个苏醒之后的灵魂
头脑是否清醒
叩问自己的这个灵魂
是否醍醐灌顶
心灵是否疲惫
漫漫长夜后
诚若时空交汇
两个灵魂能否交汇
你言他语
他语你言
是交汇
还是交锋
时空……
时空……

二○二○年九月三日　河西·雪峰诗文创作基地

七绝·咏水云山

云雾缭绕水潺潺,草木葱茏叠层峦。
宝塔巍峨向天耸,祈愿人间多平安。

二〇二〇年九月九日　吟于甘肃·永昌水云山

七绝·水木年华

河水四季任自流,堤柳终身独相守。
我从百泉桥上过,万般思绪涌心头。

二〇二〇年十月八日　吟于甘肃·永昌武当山下西湖桥畔

五绝·独坐六角亭

独坐六角亭,沉心沐朝阳。
不闻鸟鸣声,闲看秋草黄。

二〇二〇年十月十日晨　吟于甘肃·金昌植物园

自由诗·自然的脚步

当我留恋绚烂秋色的时候

当我呼吸初冬的空气
凝眸纷纷落叶
静听风声的时候
当我每天清晨盘桓于玫瑰谷
神交那朵依然开放着的白玫瑰
还有几株尚未完全干枯的红玫瑰
浅想雪落玫瑰谷的时候
一夜北风
吹来了庚子年的第一场雪
……
一夜之间
大地一片洁白
自然的脚步
自然地来了
自然的自然
必然的自然
自然的必然
无须等待
也无须盼望
该来的能不来吗
不该来的能来吗
自然的脚步
自然的韵律
自然的风致
自然的更替
雪天的清晨
我一如既往地走向玫瑰谷
自然地迈着自己的脚步
……

初冬的雪是轻柔的
雪花是灵秀的
晨光熹微
雪花闪烁着晶莹
自然地飘洒着
自由地翻飞着……
我迈着自然的脚步
谐着自然的韵律
闲看苍茫大地
……
初冬的玫瑰谷
被皑皑白雪覆盖着
翻飞的雪花里
旋腾着白首痴子的情绪
自然的冬雪
自然的脚步
……

二〇二〇年十一月二十一日晨　吟于甘肃·金昌玫瑰谷

自由诗·两只鸽子

炎热的夏天
两只鸽子在一起
白天在一起觅食
在一起纳凉
傍晚一起在楼顶张望夕阳
在一起沐浴晚霞

互相亲理羽毛
亲密地互吻
咕咕鸣情
夜晚同归屋顶楼板夹层中的窝巢
依偎在一起
共入梦乡
它们的梦想
它们的梦
或许只有它们自己知道
也或许连它们自己也不知道
秋天到了
它们还在一起
一起鸣晨唱晚
一起听雨望风
一起同归窝巢
一起共入梦乡
它们的梦境梦想
或许只有它们自己知道
也或许连它们自己都不知道
但它们一定有自己的思想
当然更有它们自己的情感
有它们自己的喜怒哀乐愁
悲欢离合忧
它们用自己的语言
互说着独有的鸽语
共度鸽生……
……
冬天到了
两只鸽子依然在一起

一起抵御寒冷
一起躲避风雪
一起沐浴冬阳
同归窝巢
抱团取暖
抑或一起盼望来年的春天……
冬天的脚步越来越快
下雪了
接二连三
白雪覆盖了大地
挂满了树枝
就在这个时候
养鸽人像去年一样
在楼房旁边的小房墙角
布下了牢笼
牢笼内有米谷
还有半碗水
……
为了生存
鸽群陆续入笼
一天
一天
又一天
十只
八只
六只
……
雪又下起来了
天苍地茫

一群鸽子只剩下两只
它们分别十分小心地
提小吊胆地抢吃笼外的食物
养鸽人一次次收笼
它们一次次逃生……
两只鸽子
饥寒交迫
它们一起共度时艰
一起抵御寒冷
一起躲避风雪
一起忍饥挨渴
只是不再张望夕阳
早早同归窝巢
依然共入梦乡……
两只鸽子是夫妇
……
它们的身体一天天消瘦
羽毛不再如先前光亮
它们能逃过劫难吗
能熬过冬天吗
能盼来春天吗
能同生共死吗
？
！
！
？
……

二〇二〇年十一月二十四日　河西·雪峰诗文创作基地

七绝·题文留南京漫游

穿南越北金陵游，伊人诗情荡九州。
虎踞龙盘待嘉宾，桨声灯影心底流。

二〇二〇年十二月四日　河西

七绝·咏诗人匡文留漫游江南

仲春二月花烂漫，诗家怡然游江南。
目纳美景敞心扉，归来雅韵赋新篇。

二〇二一年三月二十六日　兰州

七绝·咏文留畅游西湖

桃红柳绿波涟漪，春风微拂白苏堤。
总把西湖比西子，美景靓女亦相宜。

二〇二一年三月二十九日　兰州·雪峰故居

自由诗·玫瑰谷夜语

看惯了风霜雪雨

经历了前世今生
我们——
起伏的山丘
湖水亭榭
花草树木
终于盼来了你
是的
三十年前
一个月黑风高的冬夜
你身穿风衣
傲然置身于我们的襁褓旁
深情地呼喊着我们的乳名——
黑　风　口
……
那时
我们灵魂的隧道里
透射一束光亮
那一道光亮
像来自天外
又像从地心腾起
聚焦着照射着我们的涅槃
闪烁着我们的新生
……
新生后的我们
顺天应时
迅速嬗变
欣然接受了一个新的名字——
玫　瑰　谷
……

从此
慕名而来的观光者
闻声而来的造访者
纷至沓来
络绎不绝
听烦了游客的啧啧称赞
鄙夷着浅薄者的采摘
忍受着骨折的痛楚
还有散发着口臭的"亲吻"
我们无可奈何
……
忍耐着
等待着
盼望着
盼望着
等待着
忍耐着
……
日升月落
寒来暑往
云开雾散
我们花开花落
那一年的那一天
你驾着诗乐轻骑
呼啸而来
身躯健硕如旧
神情安闲如旧
端坐在那枣红色的亭中
抚琴吟诗

一曲又一曲
一首又一首
旁若无花
……
一天又一天
你行你素
对我们视而不见
对此
我们曾嗔怪过你
也曾猜测过你忘却了我们
花仙子多次批评我们花心萌动
我们在盼望中失望
又在失望中盼望
……
众多的游人中
自然没有你的身影
独来独往
是你一贯的做派
卓而不群
是你天生的行为
坐怀不乱
是你磨砺的修炼
对于我们
你从不近而亵玩
你的琴声诗韵
却早已生长于我们的茎骨
饱满着我们的花蕾
散发着我们的芬芳
你的《致玫瑰谷》

我们争相捧读
花仙子不再约束我们了
她为我们而高兴
还艳羡我们了
……
今夜月明星稀
花仙子对我们说
姐妹们
尽情地绽放吧
为你们的黑马王子……
……

二〇二一年五月二十五日夜　河西·雪峰诗文创作基地

《雪峰晨语》（三十五）

被昨日傍晚玫瑰谷的七彩晚霞熏染了一夜，我在多彩的梦中又迎来漫天的火红朝霞。

雨后的金昌，蓝天白云，空气格外清新。我不假思索地骑车驰向金水湖……

清晨的金水湖，游人稀少。我本想环湖行，湖边的芦苇葱绿茂密，吸引得我停车驻足。

鸟雀们呼朋引伴，一会儿从芦苇丛中跃上柳树，一会儿从树梢飞入芦苇深处，不停地鸣唱。

喜闻鸟语的我，今晨决意要做鸟雀们的知音，欣赏它们的歌声，读懂它们的"晨语"。

它们的歌声，自然婉转，抑扬顿挫自不必说，我专注的是它们的声韵——一声，两声，三声，四声……十二声。其中四声、五声、七声居多，错落有致，排列有序。

这使我想到了中国诗歌——四言、五言、七言，直至现代诗和自由诗。

我也粗略听懂了它们歌唱的内容：

好

真好

太好了

做鸟儿好

做鸟儿真好

我们是快乐的鸟

歌唱，飞翔，我们是自由的小鸟

几只布谷鸟在蓝天碧水间重章叠韵地唱着它们不老的歌。

向鸟儿学习，自由地飞翔，不停地歌唱，愉快的歌唱……

二〇二一年六月二十五日晨　甘肃·金昌·金水湖畔

自由诗·？

远处的山峰

静卧或矗立

是为了肃穆或岿然吗

水面上的水鸭

划波击浪

是为了炫耀或表演吗

盛开的格桑花

簇拥或摇曳

是为了招蜂引蝶吗

？

？
？
玫瑰花无语静开
是等待有心人采摘
或自溢芳香吗
雨后的蓝天
碧如海水
是静待白云飘过吗
？
……

二〇二一年八月十九日晨　甘肃·金昌·玫瑰谷

《雪峰晨语》（三十六）

在祁连山北麓滞留时日旷久，义兄青藏高原派弟妹从青城山前来接我回川。

还真有些时光匆匆，屈指一算，我在祁连山北麓盘桓流连了两夏两秋，一冬一春。

昨夜花城下起了小雨，淅淅沥沥，通宵达旦。

秋雨绵绵，似乎是祁连山不舍与我别离。

户外的雨声还在滴滴答答，我心河的小溪翻卷着浪花……

二〇二一年八月三十日晨　祁连山北麓

七绝——致正明君

天圆地方话乾坤

谈来说往语铮铮
祁连北麓探穷达
芙蓉西南望青城

二〇二一年九月六日　河西·雪峰诗文创作基地

自由诗·诗别玫瑰谷

金秋八月
雨霁云散
格桑花盛开的季节
我驾着诗乐轻骑
前来与你道别
多盘桓
长相依
琴瑟谐
放豪歌
两夏两秋
一冬一春
十五个月的日升月落
青藏大哥的频频呼唤
亲友"乐不思蜀"的几番"指责"
玫瑰谷
小阿妹
我情感的高地
思想流淌的小河
——
小阿妹
阿哥今晨与你揖别

暂别祁连北麓
南下回川
北望南盼
大雁南飞的时候
穿云破雾的雄鹰
定会捎来青藏大哥的眷念
更有阿哥悠悠的琴声
低吟浅唱的心歌
……

二〇二一年九月六日晨　甘肃·金昌·玫瑰谷

自由诗·玫瑰谷的花言草语（二）

姐妹们
看
快来看
花仙子姐姐也来了
特意来与阿哥揖别
身影已飘过银河
轻驾祥云
衣袂翩翩
格桑花盛开
马鞭草摇曳
玫瑰花不语凝香
蜜蜂蝴蝶在花丛里穿梭
"姐妹们
我带来了花天子的旨意"

啊
　什么
　请仙子姐姐快说
"好
　且容我定定神
　歇歇脚
　先向你们的阿哥致谢"
……
"三年前
　是的
　就在三年前
你们的阿哥与玫瑰谷金兰义结
作为你们的领管者
我从未对你们指责
还代花天子向你们祝贺"
"喏喏喏
　谢谢
　再次谢谢花仙子姐姐"
——
格桑花
马鞭草
玫瑰花
芦苇花
竞香斗艳
欢呼雀跃
……
"静一静
请大家静一静

第二辑 雪峰诗歌

"'朕知晓

玫瑰谷的众花群草

早已不光植根大地

随季节

和自然

自由开放

自然生长

可喜的

难得的

更神奇而又神话般地

植根于它们黑马王子的躯体

绽放在他的心窝

当下的人间

疫情尚未息绝

望花仙子率领众花群草

勿忘朕与青藏高原的殷殷嘱托

虔诚地为他祈福

保佑呵护'……"

——花仙子庄严地如是说

喏

喏

喏

——

玫瑰谷

祁连山

众花群草

列队整装

礼顶蓝天

南望青藏

齐声祝诵——

"吉祥安康"
"扎西德勒"
……

二〇二一年九月六日傍晚　记于甘肃·金昌·玫瑰谷

《雪峰晨语》（三十七）

时光匆匆，一忽而过。三年前，因出版拙作《白秉元诗文集》，我在兰州"兰减宾馆"住宿十二天。

其间，数次往返于宾馆与"读者大道"的敦煌文艺出版社之间。

同时，在该宾馆写就长诗《住"兰减"，说"滥减"》。

昨天，我从金昌至兰州，故地重来，仍住该宾馆。地址还是这个地址，宾馆还是这个宾馆，只是不再称"兰减宾馆"，而改称iU酒店，服务员仍是熟面孔。所以，我确有"宾至如归"之感。

巧合的是，清早我去前台大厅，正逢当初我住"兰减宾馆"时所写《住"兰减"，说"滥减"》诗中那位声言"不吃，我们要减肥"的姑娘，她一见我，笑着扭头就跑……

看来，文学作品不仅源于生活，高于生活，还美于生活……

二〇二一年九月八日晨　兰州·iU酒店

《雪峰晨语》（三十八）

同时代，跨世纪；同窗读，共勉励；长相忆，久惦记。

入社会，奔东西；多别离，少相聚；重相逢，情依依。
话人生，忆往昔；心怦怦，
目历历；共祝愿，同希冀。

二〇二一年九月九日　记于兰州·iU 酒店

《雪峰晨语》（三十九）

百年名校，园丁摇篮。黄河岸边，传承百年。
浩荡师德，学子恒念。同窗聚首，同祝共勉。
抚今追昔，情意绵绵。同侪
笑语，身心康健。

二〇二一年九月十日晨　兰州·iU 酒店

《雪峰晨语》（四十）

我酒醒得比天亮得早。

昨天是教师节。我的一个学生携她家人宴请我和夫人与我的大学同学、她的同事。

说是我的学生，是她认定的，因为其实我没几天给她讲过语文课和写作课。当时她刚读高一，是个刚刚十四岁的藏族小女孩。

三十八年未见，也断了联系。如今她已成长为甘肃省高校名师，大学教授，知名作家。我赠给她一本书，她赠给我六本书。当然，互赠之书，都是我们各自写的。

在座的都是学者、教授、诗人，包括她的丈夫。

我喝高了，喝多了，身心都醉了，也现了丑，丢了人。

青出于蓝而胜于蓝。我能不醉吗？

她是我曾经的学生，她的名字叫严英秀。

清晨起床，我从书包里掏出她的赠书，每翻一本，我的心里都流过一股清泉……

二〇二一年九月十一日晨　兰州·iU酒店

自由诗·我心飞扬

告别了亲人

告别了同学

告别了母校

告别了黄河

我再一次登上了西行的列车

同窗的记忆

母校的嘱托

黄河的浪波

高原的格桑梅朵

我思绪的长河里

流淌着闪光的岁月

……

草原上的小卓玛

早已蜕变成美丽的白天鹅

白云悠悠

牛羊碧波

雄鹰从蓝天飞过……

> 雪山啊
> 银光闪烁
> 黄河从草原流过
> 列车呼啸
> 飞驰电掣
> 承载着我不变的初心
> 律动着我飞扬的心歌
> ……

二〇二一年九月十一日　兰州至金昌 6615 次列车

《雪峰晨语》（四十一）

自 1985 年以来，每年的 9 月 10 日，全社会都"祝教师节日愉快"。

我教了几十年的书，自然也夹杂在同行中"愉快"过几十天。

如同过去，今年照例有个 9 月 10 日。我曾经的一位学生，特意提前从北京返回兰州，给我过了这个节日（我自己还不知道是教师节）。我当然愉快，还很高兴，更得意忘形了呢。

她让我永远记住了自己还有个节日，同时让我想起了在一篇文章中写到的我："我过去是白老师，现在是白老师，将来还是白老师。"

9 月 9 日我去母校西北师大文学院"登记入册"（一大学同学语），院领导和系主任庄重、深情地说：明天是教师节，我们提前祝您教师节愉快！

今早我不由自主地想：命运对我实在是太好了，也太公平了——从此，我每年有两个"教师节"：一个是母校的，另一个

是我曾经的学生的。

就在母校和曾经的学生祝我节日快乐的两天间,一位朋友微信发来一个帖子:

"松间明月2589"发布了一条微头条……
大意是一位女教师上课时因口误而被学生家长投诉到相关主管部门和领导,这教师自然依"程序"检查、道歉。作者发布这条"微头条",担心这位教师今后会在讲台上"颜面扫地"。

我倒觉得笔者有点杞人忧天。这不是我无同情心,也不是我"心大"。

我写过一首长诗《深夜,我和蜡烛交谈》。

教书伊始至今,我满脸全身都沾着粉笔灰末。于我而言,早就无"颜面"可"扫地",也自然无"颜"可"汗"。

早在几十年前我写《深夜,我和蜡烛交谈》时,我就在心底想:啥时候有个"领导节","教师"的社会地位或许有可能被"提高"。

总之,当初我选择并认定教书,我就一直"教师"着,一直快乐着。

二〇二一年九月十二日晨

第三辑

白瑞诗文

握笔在手心向远方

作为一个资深的"键盘侠""低头族",惊觉已有近十年的时间没有用传统的笔墨纸砚来写过一篇文章。当年的"妙笔生花""文思泉涌"仿佛一页早已泛黄的书页——翻篇,浮尘,已与今天的我毫无半点关系。

如今的我,由于长期没有提笔写字,字迹歪歪扭扭,像是受尽了委屈。小学时代,班主任口中的"仿宋体"的字对我而言,成了一个笑话。在微时代中,大多数人无法真正静下心来潜心研读一篇文章。人们大都是抱着手机,打开朋友圈,走马观花地阅读(应该说是"匆匆一瞥")一些公众号的文章,快速浏览标题、跳跃式抑或一目十行地阅读,一篇文章就此结束。我便是其中的一个。

这个秋天,我突然意识到这个问题的严重性,之前,自己一直太逃避曾经从小喜爱的事情——写作。

回忆定格在某年某月某日那个悲伤的夏天,一个小孩参加中戏戏剧影视文学专业的考试,并顺利通过初试、复试、三试、文化课考试,拿到全国考试的成绩单,却看着自己的档案在中戏的大门口绕了一个圈,最后被无情地踢了回来。她默默地选择了外语系,且认定此生与写作无缘。

现在看来,十几岁的时光,人生中第一次重要的选择,充斥着兴奋、期待、失落、忧伤、愤怒、无奈、绝望,最后用一种最懦弱的方式结束,那便是直接放弃。一颗玻璃心被打击得碎了一地,然后被我丢进了垃圾桶。

随着微小说、软文、碎片阅读等新型文学形式的出现,我了解到网上这些文章的作者,他们职业各异,爱好不同。有主播、心理学博士,甚至异国打拼的游子、包子铺老板;有的喜爱文

艺、有的喜爱旅游、有的喜爱美食……但都有一个共同点，这些人都喜爱文字。他们尽情地用文字表达自己的喜怒哀乐，记录生活中的点点滴滴、悲欢离合。

为什么我不加入他们？为什么我不成为其中一员呢？

从学生时代起，我就是一个"文具控"，时不时地逛逛文具店，买来一堆堆精致的文具供自己欣赏，有时送人。现在我的潜意识告诉自己，那是在引领我真正走入文字的世界，用心去体会生活，用文字去记录生活中的一切。照片只能抓住瞬间的美，而文字，尤其是奇文瑰句却能引起读者的共鸣。

我的生命走过了四分之一，"精神懦弱"早该远离一个成年人。在此收获的季节、阳光暖暖的周末的午后，我摊开纸、握着笔，写下想说的话：心向远方，一直前行。牵引着我内心的是热爱。生命中的平凡、努力、失败、成功都将以文字的形式串联在一起，慢慢地变成一篇篇文章、一本本书。我们可以不受时间、地点、职业的限制，把自己的人生用细腻而美好的文字编写成一部自导自演的电影。观众可以是自己，也可以是他人。

一切就绪。

二〇一六年九月十日　写于成都

老大的烦恼

我国自古就有"皇帝爱长子,百姓疼幺儿"的俗语。

我未曾有任何机会体会这两句话的含义。首先,我未曾出生在古代帝王之家;其次,作为一个当代社会的独生子女,我更是永远不可能体会到后半句的含义。但是,在家中,我仍是父母的掌上明珠,受尽宠爱。可是我却从父辈的家庭深刻感受到"百姓爱幺儿"的含义,也对此种社会现象感到愤愤不平。

中国是农业大国,从古至今,重男轻女的思想根深蒂固,尤其是在农村——什么"女大不中留""嫁出去的女儿泼出去的水"之类的话语,大家也认为再正常不过。

我的父亲是长子,却不是家里最大的一个。最大的姑姑虽然年长,却因为是"嫁出去的女儿",所以对家里的事只是关心着,只出力不出钱,永远不发表任何意见,做个老好人。父亲呢,是长子,也是当年那个镇上唯一的一个光宗耀祖的重点大学的高才生。

父亲立志且信守承诺,从他18岁开始奶奶就不再工作了。奶奶共生了五个儿子,最小的两个因为太过宠溺而变得无法无天,继而两位老人再无能力教育。然后父亲就变成了"最不重要且必须存在的一个儿子"。

"物以稀为贵",人更是如此。小的再顶撞父母、胡作乱为也是可爱;而老大教育不尊重父母、好吃懒做的弟弟,在老人们看来,就是多管闲事,甚至是割了他们的心头肉。

在我二十几年的记忆中,父亲一直戴着他自己制造的长子和孝子的桎梏,人生理想似乎因为某个弟弟性格有缺陷,上中学被人欺负,便听从爷爷的话放弃仕途,继而又在他们年老之后从学术研究和文学创作转移到完全卷入农村的家长里短、家庭建设

当中。

农村的文化缺失导致的是是非非，父亲多数时候感到痛苦万分，也时而因为"家族庞大，人丁兴旺"而乐在其中。在我的眼里，他也成了一个矛盾综合体，生活中充满老大的烦恼——不必要甚至是自找的苦恼。

大家似乎习惯了父亲的付出，甚至觉得理所应当。他们不懂"感恩"的含义，时常把老大当作批判的对象，认为老大做得不够。而在我那年纪太大、儿女众多、儿孙满堂、对长子的付出完全无视的奶奶的眼中，只有小儿子，再无他人。

记得那年盛夏，我坐着几十个小时的火车赶到奶奶家，针对父亲省吃俭用并花费大量时间、金钱对家里的翻新和装修问题讨论的时候，奶奶只是淡淡的一句："我谁都不想，就想我的幺儿。"什么都是小儿子的最可爱，"百姓爱幺儿"在我的祖辈父辈体现得淋漓尽致。

"知事少时烦恼少，识人多处是非多。"父亲作为老大，他常说"长兄如父"，家里的事情他一直全力以赴，却一直吃力不讨好。这是很多类似生活背景中的中国人的烦恼：总希望大家庭和和睦睦，却避免不了是是非非，甚至深陷其中。

更可笑的是，在他们的观念中，因为我是个女孩，所以，即便我的父亲是长子，我却不是长孙。之前我一直纠结这个问题，现在却豁然开朗——任何人都改变不了"男尊女卑"的思想，因为这在父系社会就已形成。唯一可做的是，摆脱重男轻女的思想，自己做自己思想的领路人。

那个"长孙"的称呼，不要也罢。

二〇一八年四月　写于成都

读《雪牙的问候》有感之二

文章《雪牙的问候》是用拟人的手法写出了作者牙齿受伤以后化为青藏高原的雪牙的故事，感情细腻丰富，令人回味无穷。

牙齿的自诉中写道：他在作者的口腔即母体中十八年，品尝了人世间的酸甜苦辣，也受到了文学的滋养。他在青藏高原受伤后，随着作者吐出的血水，化入青藏高原，并在学堂里努力学习，甚至硕博连读。

牙齿似乎了解主人心意，表达了深切的问候。牙齿的问候很有新意，一般都是人与人书信往来，很少见到这样拟人的手法。文章很有意思，读完以后令人思绪万千。一颗牙齿被注入了灵魂，活灵活现地展现在读者脑海中。

现在我明白了纪实性散文的含义——比小说更真实，比散文更有趣。虽然都是围绕背粮话题，但是体裁、风格多样，我很喜欢。

作者的那首五言诗，似乎是给雪牙的回信。诗中描写了青藏高原的恢宏大气、大自然的鬼斧神工，以及作者对那段苦难经历的回忆，表达了作者坚如磐石的人生信念。结尾之处再次歌颂了青藏高原的宏伟景象，重申了对雪牙的惦念以及自己坚定的决心和人生态度。

作者是一位浪漫主义诗人，情感丰富，细腻入微。文笔时而粗狂大气，时而细腻丰富；情感真挚，演绎出美好的景象和作者对自然、生活的热爱。

浪漫的诗人、浪漫的文笔，展现了浪漫的景象，长久存于读者心中。

在作者笔下，任何风景事物，甚至一颗小小的伤残的牙齿，都有灵性、有感情、更有思想。

这位诗人像是大自然的画师，用一串串文字勾画出了大自然的美好景象与灵动之气。作者笔下，万物生长，万物有魂。

二〇一八年八月

读《青藏高原·第三篇章》有感

第三篇章《在青藏高原,我残疾了一颗牙》对我来说很有意义,让我知道了作者的牙齿是在哪里因何缘故残缺。该文主要写了两个少年在去西宁的旅途中苦中作乐的故事。

悲喜交加、贫困和苦难剥夺不了作者对音乐的文学的挚爱。

而"近朱者赤"的玉海虽然没有上大学,却在好友的影响和熏陶下,文学素养并不差。

两个人把情绪和经历融进音乐,用歌词尽情地表达自我。

更令人惊喜的是,作者在青藏高原看见白雪皑皑、山脉连绵起伏,便给自己起了人生中第一个笔名。他和玉海,名字相对应。一个是"峰"、一个是"海",一个"雪白"、一个"玉洁"。两个人相约背粮,结伴而行,一路上互相帮助、彼此鼓励,在艰苦的岁月中自娱自乐,展现了两个人珍贵的友谊。

牙齿的残缺代表一种经历,让作者终生难忘。

这篇文章也让我明白了作者一直保持勤俭节约,吃饭绝不浪费一颗粮食,总是舔碟子的习惯的缘故。

饥饿与贫穷是一把"双刃剑",给作者带来贫苦童年的同时,也激发了他"学习改变命运,穷则思变"的斗志。而童年少年时代的苦难也造就了今天的作者——奋斗不止,自强不息!

二〇一八年九月

电动车①的"疾"与"急"

电动车比单车速度快，比摩托车灵活，能在交通拥挤的时候避开交通堵塞点，在上下班高峰时不会把不必要的时间浪费在等待上，这是所有豪车所无法企及的一个强大功能。

当然，电动车通常适合在炎热且晴朗的夏季骑行。骑行者会觉得凉风习习，十分惬意。一年四季，骑电动车的人似乎永远比路上的行人晚过一个季节，穿的衣服也比行人多。行人穿短袖，他们则穿长袖；行人穿外套，他们则穿棉袄。

雨雪天和寒冬腊月实在不适合骑行。大雨天需要准备好全套防雨装备，雨衣、雨鞋必不可少，瓢泼大雨时甚至得放弃骑行。冬天快速骑行时更是无法御寒，寒风刺骨，冷气扑面而来。骑行越快，体感越冷。

在寒冷的冬季，骑单车时，我曾仔细观察过身边那些骑电动车的人。他们多是全副武装，加厚手套、护膝、挡风板，缺一不可。我也多次思考，是多大的毅力和防寒能力让他们能在寒风中风驰电掣、急速前行。如果换作是我，早就冻得缩手缩脚、瑟瑟发抖。反倒是公共交通工具，比如，公交车或是的士，能让人完全放松，不用在上班途中因为骑行或者开车而注意力高度集中。人们坐在公交车或者"的士"上，可以在路途中打个小盹，看看电子书，或是听听音乐来唤醒清晨的活力。

自古以来，交通工具便是身份和地位的象征。在古代，官宦和皇家会使用马车和轿子，贫苦百姓只能步行，所以便有了很多贫困书生进京赶考来回几个月甚至更久的故事。

当今社会更是如此，虽然早已到了汽车家家户户普及的阶

---

① 此处的电动车指电动摩托车和电动自行车。

段，可是还是有很多人因为经济原因选择电动车，毕竟它方便省时、经济实惠。

由于工作地点离家较近，我选择骑共享单车上下班。骑行路上，我常看见身边那些电动车车主风风火火地全速前进。大多数是快递员和外卖员。他们车技高超、转弯灵活，无论在哪种路面或者遇到哪种交通情况，都能穿行自如、来去无阻。

每日骑行时，我发现身边或者对面的电动车车主，都有一个通病：喜欢闯红灯或是逆行。他们的身上仿佛装了发条，脸上露出匆忙的表情，"急速"且"疾行"。无论是从你身后超车，还是迎面逆行而来的人们，总是急急忙忙并且理直气壮。他们要长按喇叭至少几秒钟，好似在昭告天下"闲杂人等快点退下，切莫耽误朕的行程"。更有甚者，以"超越他人或者逆行"为乐，宛若战场上冲锋陷阵的士兵，超过一个人就代表一个阶段的胜利，并且炫耀一番。

上班时为了赶时间，遇到此类人我只是避开，不予理会，尽量保持安全。下班途中，对于个别横冲直撞、不遵守交通规则的人，刚开始我都会礼貌让行，直到有一次，为了给一辆横行霸道的电动车让行，我差点被旁边的卡车撞到。从那以后，我明白，在自己没有违反交通规则的情况下没有必要一直礼让，要确保自己的安全。之后，我再遇到那些长按喇叭、似无头苍蝇一样乱撞的骑行者，若不是赶时间，就装作没有听见，依然慢慢悠悠前行。

生活中不能处处妥协，骑车也一样。

我曾遇到那种特别无聊的外卖小哥。他从对面骑过来，突然一拐，马上就要和我撞个正着的时候又快速闪开，看见我慌忙刹车，就将车把拐来拐去，见我受到惊吓，反而偷着乐。如果是年少时代的我，定会和他理论一番。现在的我只是皱眉后一走了之，觉得为这样的事生气不值得。或许因为他的工作只是穿行在城市的各个角落，保证按时按点送餐，不被顾客投诉，工作流程

实在无乐趣可言，因此，在骑行过程中"玩闹"一下。我实在没有必要大动肝火去计较。再后来遇见此类电动车，我都会自动避开。本就是骑行在一条路上毫不相干的陌生人，引发矛盾毫无意义。

电动车在冬天变成了"电冻车"，骑行者们总是"疾"且"急"。

在电动车的世界，赶时间似乎是每个人的使命。他们早已忘了驻足欣赏途中的风景，只是匆匆忙忙、火急火燎，等红灯的时间能省则省，自行车能超就超。

其实，人生路途上何必太急躁，疾速前进不代表一定能快速到达。如果出了交通事故，遭遇伤痛，还不如慢中求稳，享受当下。毕竟，生命只有一次。

二〇一八年九月　写于成都

父亲节遐想

六月真是一个美好的月份，鸟语花香，清风习习。因夏至将至，时常下雨，天气还不算是特别炎热。此月份节日众多，继五月的母亲节之后，还有"六一"国际儿童节、父亲节，以及端午节。在西方节日风靡的时代，从兴高采烈的儿童到不同年龄的父亲，其亲人都在以不同的方式为他们庆祝。

今年的父亲节和端午节连在一起，很有意思。人们先是愉快地度过周末，接着第二天给自己的父亲庆祝节日，最后第三天全家人在一起吃粽子，品尝咸蛋，聊聊家长里短，平淡而温馨。

思绪飘飞，这次我想到的是我们小区的某位老父亲。我从高三起，每逢看见他，他总是穿着一件洗得发旧的短袖，领口松松垮垮，卡其色裤子，一双黑色布鞋。我至今从未与他交流过，只因他几乎不和任何陌生人进行眼神交流，更不用说是交谈。

我一直以为他是个贫苦的老人，或者是某个有钱人家的接送小孩的工人。每天清晨出门时，一个小学生总是在他的前面趾高气扬地迈着大步，蹦蹦跳跳，从不和他讲话。而那位老先生，右肩上挎着一个粉色的高档儿童书包，左手拿着一袋子食物，还有一个口风琴。就这样，日复一日，年复一年。转眼间，我大学毕业，工作几年了。那个小姑娘越长越高，书包也换了很多个，也成了一名初中生。唯独那位老人家，常年两套不变的旧衣服，双手干枯，脸上的皱纹越来越多，仍日日重复着相同的工作——跟在那个姑娘后面，背着书包，保持沉默。

我不喜欢谈论是非，却喜欢独自观察与思考。一次回家时我听见几位太婆聊天才得知，那位老先生的女儿、女婿均是硕士研究生，做设计工作，年薪非常高，甩出一般打工族好几十条街远，但是他们对老人特别冷漠，小孩也从来不管他叫"爷爷"，

他的老伴在家里常年做饭洗衣，也是衣衫很旧，看起来土里土气。这是他们的父母吗？他们可能嫌弃父母出自贫困山村，没有文化，可是没有父母辛劳，哪里有他们女儿的今天。

我惊愕许久，原来学历和孝顺并不是成正比的。在这里居住近十年，我从来没有见过他们一家四口（哦不，五口，老人家又要继续为二胎服务，为这个家打长工）开车出行或者是旅游等。

那位老先生的老伴逢人便诉苦，说自己的孙女不管他们叫"爷爷""奶奶"，女儿、女婿也不给他们任何零花钱等，让人非常同情，但没有任何人能帮到他们，因为他们的家庭并不缺钱。子女年薪上百万，缺的只是孝顺父母的那颗善良的心。

想想现在国家提倡学习国学是非常正确的，因为他们从小可能没有读过《弟子规》《朱子家训》《孝经》《二十四孝》或者是其他关于孝顺父母的故事。

我记得最清楚的是《卧冰求鲤》的故事，感天动地。

故事中的主人公——王祥，琅琊人，生母早丧，继母朱氏多次在他父亲面前说他的坏话，使他失去父爱。继母患病，他衣不解带地侍候。继母想吃活鲤鱼，适值天寒地冻，他便解开衣服卧在冰上，随后冰融化，跃出两条鲤鱼。继母食后，果然病愈。王祥隐居二十余年，后从温县县令做到大司农、司空、太尉。

古时的孝子对待搬弄是非、心怀鬼胎的继母都能如此善良，以德报怨，而现代社会，那两个知识分子却如此行径，令人气愤不已。

《诗经·蓼莪》
先秦：佚名
蓼蓼者莪，匪莪伊蒿。哀哀父母，生我劬劳。
蓼蓼者莪，匪莪伊蔚。哀哀父母，生我劳瘁。
瓶之罄矣，维罍之耻。鲜民之生，不如死之久矣。
无父何怙？无母何恃？出则衔恤，入则靡至。

父兮生我，母兮鞠我。抚我畜我，长我育我，顾我复我，出入腹我。欲报之德。昊天罔极！

南山烈烈，飘风发发。民莫不谷，我独何害！南山律律，飘风弗弗。民莫不谷，我独不卒！

子女赡养父母、孝敬父母，本是中华民族的美德之一，实际上也应该是人类社会的道德义务，而此诗以充沛的情感表现这一美德，对后世影响极大。在这首诗中，诗人所抒发的是不能终养父母的痛极之情。

生活中，部分人却忘了本。人说"父爱如山"，有的人登上此山，却在年富力强后视此座山为土堆，避而不及，甚至想踏平此山，"扫除障碍"；稍微"手下留情"的人，把年迈的父母当作长期的免费保姆，像是人类过度开垦土地一样压榨父母的精力和劳力，伤害父母的感情。然而父母依然如同那贫瘠的土地，被缺乏仁爱之心的儿女伤害的同时还在为他们辛劳地培育下一代。

上天是公平的。他们被自私自利蒙蔽了良知和双眼，却不知"土能生万物，地可出黄金"。被他们过度破坏的"土地"拼尽最后一丝气力，委屈地养育他们的后代，然后在将来的某一天，待他们的儿女长大成人，也会照着他们当初的冷漠言行对待他们。只不过有的人运气好，拥有善良的父母，教育的孩子孝顺懂事，避免了他们晚年受到同样的遭遇。

最近又看到那位老先生，我总想着偷偷写封信放在他家门口，让他的女儿、女婿能幡然醒悟，但同时又为自己的幼稚的想法感到好笑。笑自己是一个"好事者"，还冒充救世主。

每当此时，我便告诫自己，一定要孝顺父母，无论现在或者将来，决不让自己的父母受半点委屈。未成年时期的叛逆并不可怕，可怕、可恨的是生活富裕、年轻力壮的时候还如同资本家或者地主一般剥削、伤害父母的精力和感情，对待自己的孩子却如

同侍奉王子、公主，给他们无尽的宠爱，父母是无奈的接受者，默默"忍受"不该有的待遇与悲哀。

"勿以不孝身，枉着人子皮。勿以不孝口，枉食人间谷。天地虽广大，难容忤逆族。"

作为一个懂得感恩、有良知的人，应该尽可能地陪伴父母，珍惜眼前的时光。

父亲节，祝愿我的父母，以及天下的父亲们身体健康、笑口常开。

读雪峰《不愁天下不识我》有感

初看题目，想起了唐代诗人高适的"莫愁前路无知己，天下谁人不识君"。想着这是一首写与老友重逢又离别的诗歌。

此为组诗，共九个部分。如同九个宏大的篇章。语句凝练，铿锵有力，气势恢宏。浪漫却不乏豪迈之情。

从第一部分气势磅礴的开端作为切题点，写出诗人以天地为本，经岁月洗礼之后，足迹跨遍祖国的山川大河。

第二部分开始，诗人分别从故乡的黄土高坡、师大校园，到雪山草原、戈壁云天，再到彩云之南、祖国首都，和东北的黑土地。都留下诗人潇洒的身影和清晰的脚印。

接下来通过写自己"闲暇时喝着酒回忆带着幼女初次游走四川的时光"，峨眉山，青城山，都江堰依次登场，幼女客串，江边甩镯，鞋落清潭。

继而笔锋一转，开始描述自己在蓉城的常去之地。从现代与古朴相结合的宽窄巷子开始，百花潭、清水河、草堂、武侯祠，都留下一个矫健的身影，步伐有力，欢声笑语不断。诗人的豪放洒脱体现得淋漓尽致。

最后提到与古代及当今诗词才女精神与诗歌的沟通，李清照婉约愁苦，雪峰浪漫豪放，与高原结义，匡文留的拥抱黄河，不同的时代造就不同的生活与诗歌。和平年代，诗人才能"这生活。怎一个乐字了得"。

诗的结尾表现出作者游遍天下，朋友众多的情怀，形色匆

匆,永不驻足,诗歌迸发,潇洒于天地间,大气磅礴,荡气回肠,令人印象深刻。

二〇一九年　写于成都

东楼赋

辛丑之夏,五月既朔。蜀人与友泛舟,游于岷江之际。

竹都宜宾,结云贵川三省,汇三江之交。西高东低,气候温润,浓郁葱茏,林海茫茫。辈出历代名人,养育革命先烈。碧空如洗云缥缈,万里长江第一城。建城二千二百年,叙府茶香三千载,酒都佳酿四千秋。

吾观蜀南竹海,览石海洞乡,游李庄古镇,嬉笑于虎跳岩、飞泉峡之间。

虽美景天城,独流连忘返于东楼。东楼始建于唐,原于岷江之滨。子美以永泰元年五月去成都之嘉戎,随有感而发,作《宴戎州杨使君东楼》一诗。自此东楼名声大振,历代文人雅士游览参观,聚会交流。历朝历代多次重建,民国时期,据诗题取名为"杨使楼"。

然己丑年春,东楼毁于火灾。熊熊烈火,烟炎张天。昔日阁楼,付之一炬。众人皆知,顿足扼腕,却无可奈何,唯引以为憾。

七秩之后,凤凰涅槃,浴火重生,新建东楼于辛丑年初。拔地倚天,计有八层,高十六丈有余。飞阁流丹,丹楹刻桷,雄伟壮观,蕴览四野。

吾陶醉其中,乐而忘返。

友人疑惑,问曰:"蜀地山清水秀,鸟语花香,人杰地灵,美不胜收。汝何故唯爱宜宾,且独恋其东楼?"吾喜而笑,答曰:

"蜀地自古依山傍水，钟灵毓秀。中华多美酒佳酿，然唯宜宾酿五粮琼浆。吾不贪杯，却贪美景。纵然多亭台楼阁，贯古通今，而历久弥新，焕然一新者，当属宜宾东楼。今承前启后，继往开来，为长江首城之璀璨星光。"

友人闻之，若有所思，遂点头称善。吾二人相顾一笑，登东楼之巅，极目而赋：观西南半壁，景色宜人；迎四方之客，宾至如归。

二〇二一年六月十一日　写于成都

国庆节小聚 2019

白金

癸酉庚午凉风习,
把酒言欢暖心间。
国庆小聚无间隙,
友情坚固入心田。

五言诗·诗说骚人墨客雪峰

蓉城潇洒客
姓白号雪峰
毅然弃仕途
孝顺父母心
从此为寒士
辛苦做园丁
顾家四十载
华发因此生
手足欠感恩
贪心似海深
散尽血汗薪
孝子劳无功
今当归文坛
诗文笔下行
抛弃烦恼事
清闲自在城

二〇一九年二月二十日

心曲悠悠心河奔流

心系陇上原
曲流好山川
悠然奏胡琴
悠哉似游船

心神皆怡然
河流环西南
奔腾如诗海
流入大平原

二〇一九年二月二十一日

自由诗·白瑞试说匡文留

小时候读诗
纯属完成作业
应付差事
因担心"默写古诗文"填空错误
而被老师"请家长"

古代的诗人
只见其诗词
从未见其音容笑貌
即使是图片
也是画师们根据他们的故事经历

诗文细节
那零星的只言片语中
画出的图像
因此
我只能从久久流传的经典故事里
在脑中刻画出他们的形象

他们
大多生活贫苦颠沛流离
精忠报国却不得志
少数生活富足鱼安水定
抑或经历战乱之苦
改朝换代之痛

现代诗人远在天边
虽然能在书里看见他们的图片
但也只是能阅其诗文不得听其声
即使音容笑貌皆在
依然离我远之又远

当代诗人高高在上
他们的诗文漫天飞舞网络穿行
却依然和我并无关系

而这位美丽的诗人
她和我有着间接的联系
她是我父亲大人大学硕士生导师匡扶教授的女儿

她时尚前卫妆容精致
她璧坐玑驰蹙金结绣

她拥有满族高贵的气质
有着黄河儿女的气魄
还却不乏西北姑娘的善良大气

她歌颂祖国的大好河川
她眼界开阔文坛翘首
为朋友两肋插刀鼎力相助
却依然让我感到平易近人

她诗文美人美心灵更美

她匡扶正义
文采过人
留诗天下

她就是我的偶像
匡文留

二〇一九年二月二十二日

诗、歌、学、听、读者说

诗者
所以写诗行文抒情也

歌者
所以声动梁尘传情也

学者

所以博古通今研几也

听者
所以侧耳倾听解忧也

读者
所以手不释卷会意也

二〇一九年二月二十四日

致班婕妤

黎明时分
你奉命拿着扫帚
打扫庭院

你自喻团扇郁郁寡欢
你失宠于长信宫
被赵飞燕诬陷迫害
你急流勇退明哲保身

会写诗的班婕妤啊
你精通音律写词谱曲
善诗词歌赋又贤良淑德

你抵不过会飞舞的赵飞燕又怎样？

昭阳宫的光辉灿烂和你无关
帝王的恩宠不必在意

赵氏姐妹的歌舞不会留存于世
你的辞赋篇章不多却永世流传!
……

请你穿越时空
来我们这个时代吧

你集才华与美貌于一身
你出类拔萃出口成章

在我们这个美好的时代
你只可取悦自己
不必取悦汉成帝
你不必晚年孤苦死守陵园
你可以活成自己的样子

啊,班婕妤!

二〇一九年二月二十六日

生活在春天里——境由心生,情由心造

境内满眼绿
由水万物苏
心向阳依附
生如黄桷树

情意尤盎然
由景而生情

心驰神往地
造微且入妙

二〇一九年二月二十八日

二人行

士子威武
将军有情
友情岁月
结伴同行

二〇一九年三月二日

新"师长"说

师长一词
于军队而言
军官军衔也
师长一词
于文人而言
老师兄长也
在军队
其人为士兵之长官
于近邻
其人为吾父之兄长

孔子曰：三人行，必有我师焉

二人一文一武，一士一仕，
皆为文武界之佼佼者也
故而互相为师
兄弟相称
此为"师长"新意

二〇一九年三月二日

杜，文，白

杜甫诗作流芳千古
文留盛名享誉天下
雪峰写作文不加点
白瑞理应笃学不倦

二〇一九年三月二日

惊　　蛰

惊蛰春醒雷轰鸣
万物生长丝雨新
三月佳节始天明
犹如诗文润土生

二〇一九年三月六日

师大兄弟聚首

丁卯师大兄弟聚
西北燕京两相逢
文理相通无鸿沟
癸卯杯酒言欢时

二〇一九年三月七日

闻画家之名

三月成都雨纷纷
巴蜀之地阳光隐
镍都画家盛名扬
京城蓉城总听闻

二〇一九年三月七日

龙抬头

农历二月春耕节
奉祀土地神保佑
开笔写字幼童学
众人理发龙抬头

二〇一九年三月八日

致小白白工作的兄弟姐妹们

丁未暖阳纸鸢行
青龙湖边喜踏青
八方少年齐聚首
曾经风雨共同舟

二〇一九年三月十一日

无　　题

雅人深致留倩影
途途是道如风行
徐徐渐进事业稳
念念不忘有真情

二〇一九年三月二十日

重阳节家信

你们陪我长大
我陪你们变老
任何光环荣耀
无法企及陪伴
女儿相伴身边
远超光宗耀祖
进京赴美荣耀

却为海市蜃楼
大洋别墅声望
远在天边之外
孝顺父母点滴
唯有细水长流

附

精神健美操——《雪峰文论》节选

一

音乐能陶冶人的情操——这是人们的共识。但怎样陶冶？一般人就知其然而不知其所以然了。

在我看来，音乐是健美操——它能塑造人，通过它特有的旋律把人带入律动的灵响境界，从而使人心醉神迷地、不知不觉地受到它的牵引和引领而怦然心动。长期的心醉神迷与怦然心动，必然会使人心血涌动、情思飞扬。如此长久地无数次地心醉神迷和怦然心动，就是——精神健美。

这种精神健美表现于二胡演奏，则是演奏者周身的律动——特别是左手指在琴弦上的点揉、滑揉、弹击，与琴弦产生的特殊共鸣，及演奏者飞扬的情绪与乐曲特有的共鸣的神遇暗合。简言之，即两种共鸣的共鸣，其表现为指尖的灵动与心动的怦然作响。同时，因大脑受到良好刺激而周身血液奔涌，精神达到极度的愉悦，从而使精神得到健美……

……

二〇〇三年九月十二日　写于甘肃·金昌

二

本人于文学创作，习惯于以小楷毛笔书写，一气呵成，一挥而就——无一个标点符号。故笔名曰"文不加点"。

文学创作之过程为谋划于心，成熟于胸，得其机遇（创作灵感），付诸笔端，自然流淌，一挥而就……

二〇一九年三月二十日下午　写于成都·雪峰诗斋

三

"学识何如观点书"——标点符号在哪里？答曰：存乎心中，所谓"胸中藏丘壑，笔下起风云"是也。待到归诸方格稿纸内时，遂将胸中"丘壑"一一现出——此乃吾几十年书写汉字之心得耳……

二〇一九年三月二十日下午　写于成都·雪峰诗斋

雪峰随笔

一个人的头发由黑变白，乃自然规律。然而，本人头发由黑变白，却是此规律之外的必然规律。曾几何时，我也为自己的满头乌发渐次变白而自我不满，也曾经长达十六年染发……但是，自去年以来，我开始以自己满头白发而自豪亦自信。

首先，我的头发该白——因为我姓"白"。当别人问及"贵姓"时，我不立即作答，而是顺手将额头及顶部的头发往上一捋，接着答道："姓白！"先是自己哈哈大笑，接着，也引得众人哈哈一笑！前些日子，我去北京、东北游学半月，返回成都时，女儿照例为我网约了快车接站。根据司机的提示，我在成都东站西广场口的七天连锁酒店旁候车。司机电话问：白先生，请问您具体在啥子位置？我答：满头白发的便是白先生！谁料想，司机仅与我几步之遥。于是，我们在哈哈大笑中会面。我哈哈大笑着上车，他哈哈大笑着开车——岂不美哉乐哉！

其次，我从二十二岁起就有零星白发——这既非遗传，也非营养不良。我自幼酷爱读书写字，咿呀学语就"开念"，《三字经》《百家姓》《弟子规》等，连读带写。小学语文课本上的所有课文，我都会背会写。上小学四年级时，我下功夫背会了北京大学中文系57届学生编写的《汉语成语小词典》。读高二时，我如数背会了《毛主席诗词》三十六首，背会了《唐代三大诗人诗选》。在西北师大读书期间，我背会了《诗经》二百零八篇，楚辞、唐诗、宋词……背会的也很多，甚至还会背法国作家都德的短篇小说《最后一课》。从少儿时代至花甲之年，我一直与书为伍、与笔为友——用脑过度，致使乌发早白。但是，我白得踏实，白得自豪，也白得自信。我曾经不止一次地在给大学生讲课或做学术报告时说：白某人皓首穷经，满腹诗文。每一根白发都是知识的结晶。此话并非自诩，乃实话实说。我爱我的本姓——白；我爱我的白发，我爱我的满头白发！爱屋及乌——我的爱当然在延伸。因此，我爱我的乖乖女——白瑞（白晨宁）。也因此，我与女儿合著了《雪峰白瑞诗文集》。以上拟为《雪峰白瑞诗文集》之跋文。

二〇一九年四月二十四日下午　写于成都·雪峰诗斋

跋

似这般天高水长人可期

那一年,那个飘雪的清晨,当我在那个荒凉的草原小城送我的语文老师和他的妻女举家南迁时,他说:严英秀,好好学习,过两年等你考上大学,老师来你家喝酒!老师豪迈的笑声冲淡了氤氲在冷空气中的惜别之情,使我相信重逢有时,重逢就在前面不远处。然而,那时候,年事太轻,太多的人生尚未向我初现端倪,我难以估料,这一别,人事寥廓,重逢竟会是那样的遥遥无期,以至于蹉跎了整整半生时光。我想,老师那时虽已有走南闯北的历练,但他应该也不曾想到,车窗外那个挥着手的小姑娘,企望着要把考上大学的好消息传送给老师的小女生,再一次站到他面前时,已是一个白了头发的大学"老教授"。

关于时间,这不可言说的浩荡河流,我们还能再感慨、再唏嘘什么呢!

2021年9月10日,金城兰州,暑热已退,秋凉未到,黄河风景旖旎——多么巧,这一天是教师节。手机铃声此起彼伏,学生的祝福从四面八方飞来,而我无暇致谢,只是脚步急切,去见白老师和冯师母。天怜人意,重聚日也正是属于我们师生两代教书人的节日,一切都是最好的安排。饭店的电梯口,白老师和冯师母走出来,他们迎面走向我。从恍如隔世的记忆深处,他们走向我。情怯中,我仿佛突然间与自己青涩的少女时代不期而遇。

难以尽述别后种种。使我欣慰的是,冯师母依然淑雅,而白老师的朗声清语、举手投足,简直是一派天真。仿若那些脸上的皱褶,都只是心灵开出的笑靥,而不是岁月抖落的尘埃。我相信,这样的朴素和赤诚,是历尽坎坷后的返璞归真,是千帆过后的水天一色。是的,眼前的白老师,依然是当年讲台上手舞足蹈

的那个他，一开口，便引爆全场。

手捧老师相赠的诗文集，这才知道老师也是一个诗人、作家。当年相处太短，我又生性内向，其实并不了解太多老师的生活。或许，就是从那个萧索的高原，从那个激情的年代，白老师就开始写作了。回头一想，一个才华横溢的文学青年，一个善于发现学生的文学才华并视若珍宝的语文老师，其实写作之于他自己，是多么水到渠成的事，必将发生的事。

所幸，我也有几部小说集捧给了白老师。岁月不负我，使我能以点滴成果回报老师曾给予的肯定、期望和鞭策。前些年接受媒体采访时，有一题是问：你的文学之路上，对你影响最大的人是谁？我没有选择古今中外的文豪大师，而是答：打小遇到的所有好的语文老师。没错，白老师就是影响我走向文学人生的好老师之一。忘不了当年我作文竞赛获奖时他喜悦自豪的表情，忘不了分别后他在信里的谆谆教诲。凛冽的成长路上，那些温暖是怎样的弥足珍贵，寸心自知。

一部厚厚的《白秉元诗文集》，我细细读过，犹如浏览这长长37年来老师的生活，这才觉得真正开始了解他。从黄土高原到青藏高原，从河西走廊到巴蜀川地，白老师走过的路、经过的事，就这样画卷般打开在我面前。每一篇文，无论是平实的叙述还是纵情的歌咏，都挥洒着白老师旷达豪放的心性。每一首诗，无论是飞扬的自由诗，还是整饬的格律体，都表现出白老师捭阖自如的才情。白老师的文字就像他的人，不隔，不装，是有温度、有泪花的真性情的文字。徜徉在他上下纵横、思绪悠悠的华彩之文中，我再一次成了当年课堂上那个沉醉的小女生。

我想，白老师是把生活本身过成文学的那种人，游玩，聚会，弹琴听曲，他拥有的是诗酒人生，他不会是枯坐蹙眉的苦行僧。但他一样是用功的人。他已经写了那么多，却在花甲之年依然笔耕不辍。当看到他的又一部作品时，我的心里是由衷的钦佩。

跋

然而，又何止是钦佩，何止是惊叹。这部《雪峰白瑞诗文集》，单是书名就让我感慨万端。雪峰自是白老师笔名，而白瑞——怎敢相信，这个新诗古文都能写得文采斐然的白瑞，就是曾在我怀抱里咿呀学语的可爱宝宝！

浮云往事温柔。记得当年我们班的女生，是很渴望去白老师家的。那时候，交通极为不便，也没有如今的小长假，我们寄宿在学校，学期结束才能回一次家。年少的我们是那样地想家，想妈妈做的饭。那个校园那么大，灯火那么密，但唯有在白老师的家，我们吃到了食堂以外的饭菜。那或许只是一碗热汤面，但却是家的味道。年轻的师母，脸上始终是温煦的笑容，让人忘了窗外的风雪。

比热汤面更诱惑我们去白老师家的，是他不满一岁的女儿瑞瑞。可爱的瑞瑞和父母一样好客，当我们一群女孩子挤满小小的房间时，她便会格外地兴奋。大家抢着抱她、逗她，她蹬着小腿从这个小姐姐的膝上扑到那个小姐姐的怀里，口里忙不迭地发出小雀儿般的欢闹声。

这就是铭刻在我脑海里的白瑞的形象。所以，今天，当我读着这部父女合璧的诗文集，我只能再一次慨叹时光的馈赠。我与白老师长别这么多年，但殊途同归，收获的都是一份为师为文的丰盈人生。而他的女儿，当她成长为一个性情朗润、思想独立的女子，能子承父业、文脉传承，与父亲写文唱和、赋诗呼应，这是多么好的事。

我们就这样，都成了书写同路人。仿若，一种命定的缘。

九月十日那天重聚时，我因匆匆从北京赶回来，再加上长居兰州或已疏于藏地礼仪，竟忽略了给白老师和冯师母敬献哈达这一条重要的程序。别后每每想起，总是愧悔交加。此刻，当我又一次忆起我们曾共同经历的暮色苍茫的草原，又一次沉陷于深重的怀旧，我知道旧日子给人安慰，而未来，更加可期。那条洁白的哈达，代表着万千感恩和不尽祝福的哈达，相信我在不远之日就会为他们双手捧上——尽管,事实上,我早已在内心这样做了。

祝贺《雪峰白瑞诗文集》出版问世。是为跋。

二〇二一年十一月二十八日严英秀　写于兰州·黄河雁苑